34. Recklinghäuser Autorennacht 2021

NEUE
LITERARISCHE GESELLSCHAFT
RECKLINGHAUSEN

34. Recklinghäuser Autorennacht
6. November 2021

Autorinnen- und Autorenwettbewerb

der Neuen Literarischen

Gesellschaft Recklinghausen e. V.

Texte der Endrunde

»34. Recklinghäuser Autorennacht 2021«
Herausgeber: NLGR e. V. - Neue Literarische Gesellschaft Recklinghausen e. V.
www.nlgr.de, www.autorennacht.de
© 2021 der vorliegenden Ausgabe: NLGR e. V.

Satz und Umschlag: Ralf Kropla
Umschlagbild: Christan Herrler, Foto: Ralf Kropla
Herstellung und Verlag: BoD – Books on Demand, Norderstedt

ISBN 978 3 755 71307 4

Die 34. Recklinghäuser Autorennacht

Liebe Leserin, lieber Leser,

hiermit halten Sie die zehn Beiträge in Händen, die es beim Schreibwettbewerb zur 34. Vestischen Literatur-Eule, dem »Autorennacht-Preis der Sparkasse Vest Recklinghausen« 2021 in die Endrunde geschafft haben. Wir gratulieren an dieser Stelle schon einmal sehr herzlich zu diesem Erfolg!

In diesem Jahr haben wir den Wettbewerb für Autorinnen und Autoren aus dem Bundesland Nordrhein-Westfalen geöffnet. Zum Zeitpunkt der Drucklegung dieses Textbandes standen nur diejenigen Kurzgeschichten und Gedichte fest, die für die Abschlussveranstaltung ausgewählt wurden, nicht aber, welche Autorin bzw. welcher Autor am Ende den Jurypreis, den »Autorenacht-Preis der Sparkasse Vest«, erhalten wird.

Wir möchten folgenden Personen und Institutionen ganz herzlich für ihre Arbeit und Unterstützung danken:
- den Jurymitgliedern der 34. Recklinghäuser Autorennacht: *Martina Bialas*, *Gudrun Güth*, *Gerda-Marie Winkelmann*, *Monika Wischnowski* und *Malte Küppers* (als Sieger des Vor jahres).
- der *Sparkasse Vest Recklinghausen* für ihre finanzielle Unterstützung,
- *Christian Herrler* für das Eulenbild,

- allen Mitwirkenden der *Neuen Literarischen Gesellschaft Recklinghausen* und der *Altstadtschmiede* Recklinghausen für ihren organisatorischen Einsatz
- und nicht zuletzt den Autorinnen und Autoren, die ihre Texte eingereicht haben und somit die Autorennacht überhaupt erst möglich machen!

Herzliche Grüße,

Stephan Schröder (1. Vorsitzender der NLGR)

Die Texte der
34. Recklinghäuser
Autorennacht 2021

Inhalt

Anja Böker
Ein halbes Leben

Ich habe mein halbes Leben in einem Keller verbracht. Exakt 2.617.488.314 Sekunden. Als meine Kindheit starb, war ich acht Jahre alt.

Unser Mehrfamilienhaus, in der Arbeitersiedlung direkt zwischen dem Güterbahnhof und der Industrieanlage, wurde früh das Ziel von Luftangriffen. Erschreckte uns der Alarm, liefen Mutter und ich zum Luftschutzbunker. Der lag rund 940 Kinderschritte entfernt. Bald wurde auch der Keller unseres Hauses luftschutzgerecht umgebaut und wenn es schnell gehen musste, stiegen wir nun 91 Treppenstufen hinab. Zählen hilft. Den ersten richtigen Treffer in unser Haus erzielten sie mit Stabbomben. Die schlugen in das Dach ein und der Dachboden brannte. Unserer Hausgemeinschaft gelang es, den Brand zu löschen, bevor er auf die Wohnungen übergreifen konnte. Die Bombenreste habe ich mir nachher noch einmal genau angesehen. Es waren sechseckige Stäbe aus Aluminium.

Die zweite Bombe war eine Phosphorbombe. Während Mutter und ich gemeinsam mit den Nachbarinnen und deren Kindern im Keller ausharrten, ging diese Bombe mitten durch unser Schlafzimmer und explodierte eine Etage tiefer. Nach der Entwarnung haben wir alle gemeinsam sofort angefangen den Brand zu löschen. Dazu benutzten wir Sand – Phosphorbrände lassen sich nicht mit Wasser bekämpfen.

Zum Schluss hatten wir ein Loch in der Schlafzimmerdecke, ein Loch im Schlafzimmerboden und Phosphorflüssigkeit an den Wänden. Wenn man etwas fester über die Wände strich, entzündete sich das Phosphorgemisch erneut. Der Effekt ähnelte dem Anzünden von Streichhölzern. Mutter und ich haben das Phosphorzeug tagelang ganz vorsichtig von den Wänden gekratzt. Später stopften wir mit Holzleisten und Mörtel auch noch die Löcher in Decke und Boden. Geschlafen haben wir unterdessen in der Küche.

In dieser Zeit litt ich unter heftigen Bauchschmerzen, musste mich ständig übergeben und manchmal fiel mir selbst das Atmen schwer. Das Entsetzlichste aber war das Aufwachen. Jeden Morgen aufs Neue kroch die Angst aus dem wärmenden Schlaf heraus in mir hoch. »Etwas stimmt nicht«, dem noch schlaftrunkenen Gefühl folgte ein schlagartiges Erinnern »Es ist Krieg.« Und mein Magen drehte sich um. Diese Todeserwartung in jeder wachen Sekunde schmerzte zutiefst. Es war die Art von Schmerz, die bei dir bleibt, ein Leben lang.

Der dritte Bombenangriff war das Ereignis, das meinen Horizont endgültig krümmte. Es geschah an einem Nachmittag, ich war allein in unserer Wohnung. Vater im Krieg an der Westfront. Mutter zwangsverpflichtet, musste im Gemeindehaus Uniformen nähen.

»Maikäfer, flieg. Der Vater ist im Krieg. Die Mutter ist in Pommerland, Pommerland ist abgebrannt. Maikäfer, flieg.«

Als der Alarm losging, stieg ich in den Keller hinab und blieb allein. Unter herumliegenden Wolldecken versuchte ich zu verschwinden und flehte: »Bitte, bitte nicht unser Haus, nicht unser Haus!«

Dann ein dumpfer Knall, gefolgt von einer Druckwelle. Ich dachte: »Jetzt ist es vorbei, jetzt stirbst du!« Und begann zu zählen: ... 21 . 22 ... genau wie mein Vater es mir aufgetragen hatte ... 21 . 22 ...

Bevor Vater gezwungen wurde, in seinen zweiten Krieg zu ziehen, nahm er mich zur Seite, holte eine Weltkarte heraus und zeigte mir all die anderen Länder, mit denen unser Land bereits im Krieg lag. Er erklärte:»Siehst du, wie viele Länder das sind? Wir werden diesen Krieg verlieren. Wir können nur hoffen, dass es schnell geht. So, und jetzt musst du mir sehr genau zuhören: Alles was du eine Sekunde lang ertragen kannst, das kannst du auch noch eine weitere Sekunde ertragen – schließlich hast du es ja eine Sekunde bereits geschafft, warum solltest du die nächste nicht auch noch schaffen. Also, wenn dir etwas unerträglich erscheint, dann zählst du: ... 21 . 22 ... Nicht denken – nur immer weiter zählen!«

Er wusste, wovon er sprach, denn als 16-jähriger Junge zog er in seinen ersten Krieg. Er überlebte eine Schlacht, in der am Ende über 1,2 Millionen Menschen starben. Drei Länder schickten ihre Soldaten auf dieses Schlachtfeld.

Der Tod fegte über die Kämpfenden aller Nationen hinweg.

Für meinen Vater endet der Stellungskampf mithilfe eines Granatsplitters, der ihm die rechte Gesäßhälfte zerfetzte. Er konnte sich nicht wegbewegen. Lag hilflos in Matsch und in Blut. Lag zwischen den Toten und den Verwundeten, einige davon, nicht viel mehr als lebende Leichen. Gerade eben hatte der Mann neben ihm noch gewimmert – dann war er still und mein Vater war entsetzlich froh darüber.

Eine beklemmende Ruhe machte sich breit. Er konnte so nicht weiter bestehen, aber er konnte auch nicht weg. Da durchschlug ihn ein Gedanke: Wenn ich diese Sekunde ertragen kann, dann halte ich auch noch die nächste aus und die nächste und die nächste ... Er begann mit dem Zählen: ... 21 . 22 ... Er zählte immer bis 100 und begann dann wieder von vorne ... 21. 22 ... 100 ... 21 . 22 ... Feindliche Soldaten kamen, hoben ihn auf eine

Trage und brachten ihn ins Lazarett.

Seitdem widerte ihn alles Gewalttätige an.

Als ich fünf Jahre alt war, spielte ich mit den Zinnsoldaten des Nachbarskindes. Voller Freude stellte ich alle Soldaten exakt in Reih und Glied auf. Ich gab mir sehr viel Mühe, um alle so genau wie möglich anzuordnen. Es war schwer, immer wieder kippten mir Figuren um. Als ich endlich mit meinem Werk zufrieden war, rief ich voller Stolz meinen Vater. Er kam – ich erwartete freudig sein Lob – er sah mich an, zog seinen rechten Hausschuh aus und sagte:»Sehr schön, und weißt du, was mit den ganzen Soldaten passiert, wenn da eine Bombe einschlägt?« Dann holte er aus und warf den Schlappen mitten in meine Zinnsoldaten. Das Ergebnis war verheerend. Alles was ich in mühevoller Kleinarbeit aufgebaut hatte, lag wild durcheinander auf dem Boden. Damals habe ich wütend geweint. Mein Rotz tropfte auf den guten Teppich.

Drei Jahre später, im Keller, so ganz allein, da verstand ich, was kein Kind jemals wahrhaftig begreifen sollte … 21 . 22 … bis 100 und wieder von vorne.

Eine Ewigkeit später, voll langsamer Vorsicht, schälte ich mich aus dem Deckenstapel heraus. Ich wagte aber nicht, den Keller durch die Tür zum Hausflur zu verlassen, da die Druckwelle von der rechten Seite, also aus der Richtung des Hausflures, gekommen war. In unserem luftschutzgerechten Keller gab es einen viereckigen, nur mit einer dünnen Mauer zugemachten Durchlass zum Keller des linken Nachbarhauses, daneben lag ein dicker Hammer. Den Hammer festgekrallt in meinen beiden Kinderhänden schlug ich verzweifelt auf den Durchlass ein. Irgendwann beruhigte mich ein Echo von der anderen Seite. Da waren Menschen! Die Mauer gab nach. Ich kroch rüber. Frauenhände nahmen mich entgegen. Drei Frauen, fünf andere Kinder und ein alter Mann schauten mich an. Wir teilten

Wahrheit ohne Worte.

In Stille harrten wir noch etwas aus, bis wir vorsichtig die Kellertreppe hochstiegen, raus auf die Straße. Ein gebeugt schleichender Tross. Als ich mich traute, meinen Kopf zu heben, schaute ich auf unser Haus:

Eine Luftmine hatte die rechte Seite getroffen. Das obere Stockwerk existierte nicht mehr, von der ganzen rechten Seite des Hauses stand nur noch das Erdgeschoss in Gänze. Von unserer Wohnung in der dritten Etage war lediglich die Wand der linken Seite erhalten und an ihr klebte ein kleiner Rest des Fußbodens. Da, an dieser Wand, hing noch die Wanduhr – hing an einer Wand in einem Zimmer, das keinen richtigen Boden mehr hatte. Die Zeit war stehen geblieben.

Die Feuerwehr kam. Zwischen den Trümmern aufgeregte Menschen. Ich machte mich auf den Weg zum Gemeindehaus. Auf der Suche nach Mutter.

Ein überirdischer Bunker nur für Zwangsarbeiter und Kriegsgefangene war direkt neben der Fabrik gebaut worden. Als ich daran vorbeiging, sah ich, dass alle Menschen aus dem Bunker tot waren. Mittlerweile weiß ich, deren Lungen sind durch die Druckwelle einer der Luftminen geplatzt. Der Bunker stand noch fest, aber seine Betondecke war eingedrückt. Ich beobachtete, wie die Männer der Werksfeuerwehr die Toten hinaustrugen und erst einmal auf den Boden legten. Exakt in Reih und Glied.

Viele Straßen waren wegen der Blindgänger gesperrt. Ich musste am Abwasserkanal entlang gehen, und auch dort lagen Tote einfach so am Ufer, sahen aus wie Lumpenpuppen.

Als ich zur Mutter kam, wurden wir eine endlose Sekunde lang eins.

Jahre später, im zweiten Sommer nach diesem Krieg, saßen wir Kinder am Abend zusammen am Bahndamm auf der Mauer, teilten kostbare Schokolade und redeten. Wir kamen überein, dass es auf der ganzen Welt nun nie wieder Krieg geben werde, jetzt da alle wissen, wie entsetzlich er ist. Damals, als Kinder, waren wir fest überzeugt: Dies war der letzte Krieg! ... 21 . 22. 23 ...

Nachtrag: Wenn ich nun, nachdem ich gestorben bin, an diesen Bombenangriff zurückdenke, kommt mir die Zeit, die ich allein in diesem im Keller kauerte, so lang vor wie mein halbes Leben. Exakt 2.617.488.314 Sekunden − immer noch.

.

Fabian Brüninghoff
Was heißt 21/22?

Man muss ja nicht sofort an die Jahre 2021 und 2022 denken, 21/22 sind auch zwei Alben der britischen Sängerin Adele. Im 21. Kapitel von Matthäus zieht Jesus in Jerusalem ein. Diese beiden Zahlen stehen für vieles. Ich allerdings möchte mich auf die Jahre beziehen, also auf das Jahr 2021 und 2022.

Als erstes denken viele Menschen an die Coronapandemie, das Wort des Jahres 2020. Die Pandemie hält uns immer noch in Atem, die Zahlen steigen, trotz hoher Impfquote. Viele sind verunsichert, wie es weitergeht. Wie es weitergeht, wird uns das Jahr 2022 zeigen. Dieses Jahr ist einiges passiert. Der fast zwanzigjährige Afghanistan-Einsatz wurde am 30. August dieses Jahres beendet. Wie dieser Einsatz beendet wurde und unter welchen Bedingungen, ist jedem klar. Niemand hat damit gerechnet, dass die Taliban den Abzug der internationalen Truppen so sehr ausnutzen oder damit, dass sie jetzt das Land unter Kontrolle haben. Das Leben für viele Menschen wird sich dort drastisch ändern, wenn dies nicht bereits passiert ist. Die Taliban leben quasi noch in der Steinzeit. Sie haben keinen Plan von einer Demokratie und gehen gegen das eigene Volk brutal vor. Am 09. September berichtete die Tagesschau, dass Journalisten durch die Taliban schwer verletzt wurden. Einige Minuten später verspricht Armin Laschet, Kanzlerkandidat der Union, dass nicht nur Ortskräfte, sondern auch alle Journalisten und Frauen, die unter besonderer Bedrohung stehen, ausgeflogen werden. Wie lange dies alles dauert, ist jedoch nicht vorhersehbar. Wie alles ausgehen wird, werden wir ebenfalls im Jahr 2022 erfahren. Eins steht jetzt schon fest: Der Afghanistaneinsatz ist gescheitert. Ein unerträglicher Gedanke für die Eltern und Freunde der gefallenen Soldaten und Soldatinnen, aber auch für alle ehemaligen Soldaten. Das Gefühl, dass sie umsonst gekämpft haben oder gestorben sind, wird greifbar und bewegt die Nation.

Der Grund für den Afghanistaneinsatz jährt sich dieses Jahr zum zwanzigsten Mal. Ein schwieriges Gedenkjahr an die Opfer der Anschläge vom 11. September 2001, wenn man daran denkt, dass die Anführer der Selbstmordattentäter nun wieder regieren.

Dieses Jahr suchte Deutschland eine für unmöglich gehaltene Naturkatastrophe heim. Tausende Menschen verloren ihr Hab und Gut. 180 Menschen mussten ihr Leben lassen. Viele Menschen zeigten großes Interesse daran, den Betroffenen zu helfen, damit sie eine Perspektive bekommen. Die Schäden betragen nach Schätzungen des Bundes 30 Milliarden Euro. Vieles kann und wird in den nächsten Jahren wieder aufgebaut werden, aber die Toten können nicht wiederbelebt werden. Sie wurden Opfer der Natur. Dies zeigt, dass mit der Natur nicht zu scherzen ist. Die Natur wird immer stärker sein als der Mensch, sie wird sich wehren, bis zum Schluss. Damit aber diese Naturkatastrophen nicht zunehmen, muss etwas passieren. Wir brauchen eine nachhaltige Klimapolitik, die die Erderwärmung so gering wie möglich hält und den Wirtschaftsstandort Deutschland am Laufen hält. Eine schwierige Aufgabe, die nur mit der Hilfe aller gemeistert werden kann. Hierfür brauchen wir ein Programm, das die Wirtschaft unterstützt, um nachhaltig arbeiten zu können. Grüner Strom und Elektroautos müssen die Zukunft von Deutschland werden. Sie müssen schmackhaft gemacht und vom Staat gefördert werden, um etwas zu verändern!

Wie es in Deutschland weitergehen wird, dürfen die Wählerinnen und Wähler am 26. September 2021 entscheiden. Erstmals seit 16 Jahren wird jemand Neues in das Kanzleramt einziehen. Somit stehen wir vor einem Epochenwechsel. Die letzten beiden Jahre in der Kanzlerschaft von Angela Merkel wurden von der Coronapandemie überschattet. Ihre Regierung konnte und hat nicht genug für den Klimaschutz getan. Nun ist es aber die wichtigste Aufgabe des neuen Bundeskanzlers oder der neuen Bundeskanzlerin, dieses Problem anzugehen. Die Welt verändert sich meist schneller, als der Mensch es will. Wir müssen jetzt einen Neuanfang wagen, denn sonst werden die Probleme der Zukunft größer denn je. Es geht ja nicht nur um den Klimawandel, sondern auch um eine nachhaltige und konstruktive Afrikapolitik. Hier muss ebenfalls etwas getan werden. Es ist die Aufgabe aller Länder, jedem Menschen ein Leben ohne Hunger und Armut zu ermöglichen. Deshalb muss in Afrika ein Wirtschaftssystem aufgebaut werden, in dem alle Menschen Arbeit finden. Es darf nicht sein, dass die Menschen im Jahr 2021 noch in Blechhütten leben. Man merkt, dass es viele Aufgaben in der Zukunft gibt.

Wie ist das Jahr 2021 geschichtlich einzuordnen?

Einige Beispiele wurden bereits genannt, wie zum Beispiel, dass der Klimawandel bereits in Deutschland angekommen ist. Ein weiteres geschichtliches Ereignis ist, dass es seit 1700 Jahren jüdisches Leben in Deutschland gibt. Ein Grund zur Freude, obwohl Deutschland einige Zeit das Land des Judenhasses war. Der Nationalsozialismus unter Hitler – eins der dunkelsten Kapitel unseres Landes. Umso besser, dass im Jahr 2021 Deutschland ein Land mit vielen Kulturen und viel jüdischem Leben ist und es auch in Zukunft bleiben wird. Dieses Jahr feiert unter anderem das Fundament unserer Demokratie Geburtstag, es wird 70 Jahre alt. Es steht für Gleichberechtigung und Ordnung. Mit diesem Gesetz wird eine gesellschaftliche Ordnung hergestellt. Auf der anderen Seite der Welt sah es am 6. Januar dieses Jahres nicht nach einer gesellschaftlichen Ordnung aus. An diesem Tag sollten Joe Biden als Präsident und Kamala Harris als Vizepräsidentin vom Senat benannt werden. Allerdings rebellierte eine gewaltbereite Menschenmasse, die aus Anhängern von Donald Trump bestand, vor dem Kapitol. Plötzlich begann die Stürmung des Kapitols. Hunderte Menschen schlugen sich an den Sicherheitskräften entlang bis zur Eingangstür des Senats durch. Sie rannten wie eine Meute Tiere durch die Flure und verschafften sich Zutritt zu den Büros von hochrangigen Politikern, unter anderem zum Büro von Nancy Pelosi. Einige drangen sogar bis in den Plenarsaal vor. Die Sitzung wurde unterbrochen und vorläufig beendet. Nach Stunden der Verwüstung konnten Polizisten und das Militär die Menschen stoppen. Es wurden Kameras von Journalisten verbrannt und gewaltsam gegen alle Organe des Staates vorgegangen. Dieses Ereignis zeigt, wozu manche Menschen fähig sind. Donald Trump selbst hatte die Menschen dazu aufgefordert, zum Kapitol zu gehen. Er selbst sah sich nicht in der Verantwortung. Dies ist ein gutes Beispiel dafür, was passiert, wenn antidemokratische Menschen an die Macht kommen. Dieses Ereignis ist nach dem gescheiterten Einsatz in Afghanistan der dunkelste Punkt der Amerikaner im Jahre 2021.

2021 ist aber auch ein Jahr für die Wissenschaft, im Januar wurden erste sichere Impfstoffe zugelassen, das Ende der Pandemie schien in Sichtweite zu sein. Mit der neuen mRNA-Impfstofftechnik gelang der Durchbruch in der Impfstoffentwicklung. Doch, wie sollte es anders sein, wurden auch schnell negative Seiten des Impfens öffentlich diskutiert, so wurde der Freiraum für Impfgegner geöffnet. Hierbei ist jedoch zu beachten, dass nicht jeder Ungeimpfte sofort ein Impfgegner ist, sondern erst mal auf mehr wissenschaftliche Erkenntnisse warten könnte. Es entflammte eine riesige Debatte über die Verteilung von Impfstoffen; da diese allerdings jeder von uns kennt, möchte ich lieber auf etwas anderes aufmerksam machen. Als hier der Impfstoff knapp wurde, exportierte die Europäische Union mehr als 50 Millionen Impfdosen ins Ausland; klingt ja erst mal nach einer hilfsbereiten Idee, aber wäre es nicht sinnvoller gewesen, erst einmal die eigene Bevölkerung zu schützen? Ich würde sagen, dass dies der größte Fehler der Impfpolitik in diesem Jahr war. In der EU leben insgesamt 447 Millionen Menschen, und wenn man diese Impfdosen alle verabreicht hätte, wären deutlich mehr Menschen geimpft worden. Dadurch wäre es möglich gewesen, die dritte Welle schneller zu brechen und somit mehrere Tausend Leben zu schützen. Natürlich ist das einer der wenigen Nachteile unserer Impfpolitik gewesen. Der Rest wurde wirklich sehr menschlich und politisch verantwortlich umgesetzt. Mit der Zeit stieg die Impfquote auf heute 65,8 % (Stand 21. September 2021), allerdings wird eine Impfquote von 80 % nötig sein, um die vierte Welle gut zu überstehen und um somit die wichtige und oft geänderte Herdenimmunität zu erreichen, damit auch die Deltavariante keine Chance mehr hat. Apropos ›Delta‹ und nicht mehr ›indische Mutation‹: Die angebliche Diskriminierung dahinter ist doch einfach nur ein Witz. Viele Menschen haben es satt, dass fast jedes Wort diskriminierend ist. Wenn man abends vor dem Fernseher sitzt und hört, dass Curry-Wurst rassistisch ist, verdreht man schon die Augen. Wenn es so weitergeht, werden die extremeren rassistischen Bemerkungen eher klein gemacht und runtergespielt, und das geht im Jahr 2022 zu verhindern.

Ich habe jetzt viel über das Jahr 2021 gesprochen, aber das Jahr 2022 rückt immer näher. Mittlerweile haben die Deutschen einen neuen Bundestag gewählt. Allerdings brachte diese Wahl nicht die gewünschte Klarheit über die Zukunft unseres Planeten und die Zukunft Deutschlands. Die Union erkennt keinen Wählerwillen und klammert sich, wie ein kleines Kind an seine Mutter, an die Macht in diesem Land. Wie es weitergeht, zeigt uns das Jahr 2022. Dies ist ein Jahr der Chancen, wir haben die Chance etwas zu ändern, wir können wieder auf Fortschritt setzen. Die Pandemie wird langsam immer schwächer, es läuft alles langsam wieder an. Ja, aber was läuft an? Die Zeit ist reif für Veränderungen, jeder von uns muss auf etwas verzichten, damit die Menschheit eine Zukunft auf diesem Planeten hat. Es läuft ein anderes Leben an, die Generationen stehen sich kämpferisch gegenüber, wie seit Jahren nicht mehr. Die offenen Fragen und noch viel mehr müssen im Jahr 2022 geklärt werden. Was kann ich als Mensch tun, damit das Jahr 2022 ein schönes Jahr wird? Das muss jeder für sich selbst entscheiden. Erst mal sollten wir das Jahr 2021 beenden und uns auf ein tolles Jahr freuen. Es liegen ja immer noch unruhige Zeiten vor uns. Der Klimawandel macht keine Pausen, die Natur wird sich weiter wehren und natürlich hat jeder Mensch private Ziele und Hoffnungen im nächsten Jahr. Das erste Jahr dieses Jahrzehnts ist nun bald Geschichte. Das Problem ist nur, wie oben angesprochen, wie 2021 in der Geschichte aufgenommen wird und was sich in Zukunft besser machen lassen kann. Ich finde es besonders wichtig, dass wir das Jahr 2022 gemeinsam gestalten und nicht nur an uns denken! Das Jahr 2022 steckt voller Potenzial. Also nutzen wir es für eine lebenswerte Zukunft.

Philine Galka
Gold lügt nie

Die Nebel hingen noch über Nilath, als eine ältere Frau das scheunengroße Gebäude von ›Ignis et alii‹ betrat. Mordred wusste schon, dass sie auf dem Weg zu ihm höchstpersönlich war, als sie den Acht-Meister-Platz betreten hatte. Wir sind für dich gedacht, flüsterten die Goldmünzen in ihrem Geldbeutel es ihm.

Mordred reckte sich und schob mit einer Kralle die Papiere zur Seite, die Herr Taron gestern Abend vorbeigebracht hatte. Sein Assistent Carolus würde sie später abheften müssen, denn für solche Arbeiten waren seine Klauen schlichtweg zu groß.

Im Vorraum zu Mordreds Büro unterhielt sich die ältere Dame mit Carolus und es würde nicht mehr lange dauern, bis ihre funkelnden Goldmünzen ihm gehörten.

Einen Moment später schob Carolus die alte Dame durch die Tür ins Büro. Wie eine faltige Marmorstatue stand sie auf dem Parkettboden. Nur der Schweißtropfen, der ihr über die Schläfe rann, verriet, dass sie lebendig war. Sie blickte zu Mordred hoch. Seine Hörner berührten gerade so die Dachbalken nicht und die Anzugjacke, in der seine Arme steckten, spannte bei jeder noch so kleinen Bewegung. Seine Flügel strichen über die Wände, doch keine einzige der eingerahmten Urkunden und Auszeichnungen fiel zu Boden.

Aus Mordreds Kehle drang ein Lachen, so tief und durchdringend wie das Grollen einer heranrauschenden Lawine. Rauch quoll aus seinen Nüstern, als er sagte: »Bitte, nehmt doch Platz.«

Die ältere Dame nickte hastig. Sie tippelte hinüber zu dem Lehnstuhl, der vor einem gigantischen Schreibtisch stand.

Mordred legte die Arme auf der Tischplatte ab und lehnte sich so weit rüber, dass er die Dame richtig ansehen konnte. Er hörte, wie sie schluckte.

»Wie kann ich Euch an diesem wunderbaren Tag behilflich sein?«, fragte er. In seiner Stimme vermengte sich das Grollen mit der zuckersüßen Höflichkeit der Geschäftsleute aus dem Silberwasser-Viertel.

»Ich ...«, setzte die Dame an. »Ich ... ich möchte mich bei Ihnen versichern lassen.«

Mordreds Augen blitzten auf. »Aber natürlich, gern. Selbstverständlich.« Er läutete die winzige Glocke, die auf seinem Schreibtisch stand. Kurz darauf trat Carolus mit einem Tablett auf den Armen ein. Darauf stand eine Teetasse, aus der ein Duft von Kamille entschwebte. Die Dame nahm sie an und schaute fragend zu Mordred hinauf.

»Ich hoffe, Ihr nehmt mir dies nicht übel, Madame ...«

»Adelin«, presste sie hervor.

»Madame Adelin«, wiederholte er. »Ich dachte mir lediglich, ein Tee, der Eure Nerven ein wenig beruhigt, könnte Euren Besuch hier bei uns angenehmer machen.« Wieder drang Rauch aus seinen Nüstern. Eine Brandversicherung bei einem Drachen abzuschließen, macht die Leute immerzu so schrecklich nervös, dachte er.

Madame Adelin nickte nur und nippte an ihrer Tasse. Dann schob sie die Handtasche auf ihrem Schoß zurecht. Die Münzen in ihrem Geldbeutel klimperten leise. Mordred schloss aus dem Klang des aneinanderschlagenden Metalls, dass es neunundsiebzig, nein, fünfundachtzig waren. Eine aktuelle Prägung, nicht älter als zwei Jahre. Seine Schuppen stellten sich auf. Die Münzen von 1253 bestanden aus einer Legierung mit zwei Prozent weniger Gold als die älteren.

Mordred räusperte sich. »Nun, Madame. Welches Objekt möchtet Ihr denn bei mir versichern lassen?«, fragte er und zog dabei jede einzelne Silbe in die Länge. Er lächelte und zwei Reihen Zähne kamen zum Vorschein, die alle so groß wie weiße Felsen und so scharf wie Schlachtermesser waren.

Madame Adelin begann zu zittern und verschüttete den Inhalt der Tasse auf ihrem Kleid. »Ein kleines Anwesen«, murmelte sie, ohne den Teefleck zu beachten.

Mordreds Blick wurde glasig und schien etwas zu betrachten, dass eintausend Meilen weit entfernt war. Das melodiöse Klimpern von Goldmünzen legte sich in seine Ohren und für einen kurzen Moment wurde er taub für die Welt.

Die Madame stellte die leere Teetasse auf dem Boden ab, doch dabei rutschte ihr die Handtasche vom Schoß.

Das Scheppern ihres Aufpralls ließ Mordred zusammenfahren.

Wir sind keine gewöhnlichen Münzen, wisperte das Gold.

Der Drache schob den Gedanken beiseite. Edelmetalle hatten manchmal einen seltsamen Humor. »Wie alt ist das Anwesen, von dem wir sprechen?«, fragte er stattdessen und lächelte, als die Madame ihre Tasche aufhob.

»Es wurde 1221 gebaut.«

Wir waren nie in diesem Anwesen, flüsterten die Münzen.

Mordreds Pupillen verengten sich zu nadeldünnen Schlitzen. Er nahm die Feder eines Riesen-Feuervogels zur Hand und notierte, wenn auch zögerlich, die Jahreszahl auf ein plakatgroßes Stück Papier. »Über wie viele Stockwerke, Kellerräume inbegriffen, verfügt das Anwesen?«, fragte er.

»Fünf.«

Das Kratzen der Feder übernahm für einen Augenblick die

Unterhaltung. »Woraus bestehen die Wände der einzelnen Etagen?«, fragte er weiter. »Und woraus die Böden?«

»Also ... Der Keller und die erste Etage haben Wände und Böden aus Stein. Der Rest besteht aus Holz.« Die Madame wich dem Blick des Drachen aus, während sie sprach.

Aus Mordreds Nüstern stiegen Rauchschwaden auf. Holz bedeutete mehr Geld. »Interessant«, sagte er. »Wie groß ist das Anwesen?«

»Vielleicht ... Ich weiß nicht so recht ... Vielleicht siebeneinhalbtausend Quadratfuß.«

Die Goldmünzen in dem Geldbeutel der Madame regten sich. Das Haus, in dem sie wohnt, war nicht annähernd so groß, erklärten sie.

Mordred zuckte, ließ sich jedoch nichts weiter anmerken. Die Madame konnte die Stimme des Goldes sowieso nicht hören.

Er nahm eine Tabelle und wies den einzelnen Angaben zum Anwesen Buchstaben und Zahlen zu. Madame Adelins Folge lautete ›A.5.21.22.8‹. Er brauchte sie für die Berechnung des monatlichen Beitrags und für die Kundenkartei.

Die Madame tappte mit dem Fuß auf der Stelle, doch dies ließ Mordred nicht schneller nach dem Abakus greifen. Er rechnete und rechnete, er wog die Größe des Anwesens gegen das Material auf, aus dem es gebaut war. Gold lügt nie, ging es ihm währenddessen durch den Kopf. Niemals. Es wusste, durch wessen Hände es gegangen war und wohin man es überall getragen hatte. Es wusste, wofür ein Jemand es erhalten hatte und es wusste ebenso, was dieser Jemand damit tun wollte. Gold log nie. Gold hatte keine Geheimnisse.

Wir werden dich mehr kosten, als du durch uns gewinnen wirst, hörte er es raunen.

Mordred legte den Kopf schief. Das Flüstern hallte noch in seinem Kopf nach, als er den Abakus beiseitestellte und die Klauen unter dem Kinn zusammenschob.

Die Versicherung würde Madame Adelin jeden Monat exakt fünfundachtzig Münzen kosten. Exakt so viele, wie sie bei sich trug.

Der Drache schüttelte den Kopf. Rauch stieg über ihm auf. Dichter, pechschwarzer Rauch.

Madame Adelin hustete.»Stimmt etwas nicht?«, fragte sie.

Mordred stemmte sich auf den Schreibtisch und beugte sich weit herunter zu Madame Adelin, sein Kopf befand sich jetzt ganz dicht vor ihr. Sie hätte ihn berühren können, wenn sie nicht wie eingefroren dagesessen hätte.

»Ich mag es nicht, wenn man herkommt, um mich zu betrügen«, sagte er. Seine Stimme glich nunmehr dem Raunen eines herannahenden Gewitters.

Doch anstatt noch verängstigter dreinzuschauen, lächelte Madame Adelin. Sie sprang vom Stuhl und zog einen Dolch aus ihrem Stiefel. Die Handtasche warf sie auf den Parkettboden.

Wie ein Aufschrei gellte es in Mordreds Kopf: Unsere Brüder hat sie gegen Schminke getauscht!

Bevor Mordred reagieren konnte, schnappte Madame Adelin sich die leere Teetasse und zog sie ihm quer über die Schnauze. Scherben regneten zu Boden.

Mordred scherte sich nicht darum. Es brauchte mehr als ein Stück Keramik, um ihn zu verletzen. Ungerührt packte er die Handtasche mit zwei seiner Krallen. Sie bohrten sich in das Leder hinein. Die Tasche riss auseinander und mit ihr der Geldbeutel; eine nach der anderen prasselten die Münzen zu Boden. Sie hatte nie vor, uns auszugeben, riefen sie.

Mordred schnaubte.»Wen gedenkst du heute hinters Licht zu führ-?«

Doch er konnte seinen Satz nicht zu Ende bringen. Madame Adelin war auf den Stuhl gestiegen und hatte mit dem Dolch zwischen den Zähnen einen Satz nach vorn gemacht. Sie bekam Mordreds Hörner zu fassen und hing nun an seinem Kopf wie ein Laken im Wind. Der Drache schüttelte sich, aber Adelin ließ nicht los. Sie stemmte die Füße gegen seine Schnauze und zog sich hinauf, bis sie auf dem Kopf des Drachen saß.

Mordred stieß einen weiteren Schwall Rauch aus. Er zog die Arme hoch und griff zu, seine Anzugjacke riss am Rücken auseinander.

Aber er hatte nun, was er wollte.

Sie zappelte zwar, aber Mordred hielt Madame Adelin in einer Klaue fest.

»Wie kannst du es wagen?«, stieß er hervor.

Madame Adelin trieb ihren Dolch zwischen seine Schuppen. Der Drache spürte das Metall nicht einmal. »Ich muss zugeben, dass mich dein Verhalten mit jeder weiteren Sekunde nur noch wütender macht.«

»Lass mich los, du stumpfsinniges Reptil«, fauchte Madame Adelin. Ihre Visage glich dem Gesicht, mit dem sie ins Büro getreten war, keineswegs mehr. Die Falten waren verlaufen, die Augenringe verschwunden und unter dem fahlen Schimmern auf ihrer Haut kamen rosafarbene Flecken zum Vorschein.

»Stumpfsinnig?« Mordred richtete sich zur vollen Größe auf. Er bewegte sich mit einer solchen Wucht, dass seine Hörner sich durch das Dach bohrten. Schindeln und Holzsplitter regneten auf sie herab. »Wenn hier jemand stumpfsinnig ist, dann du, kleiner Wurm!« Mit jedem Wort drückte er Madame Adelin noch fester.

Sie keuchte und schob ihren Dolch tiefer zwischen die Schuppen.

»Wie ich sehe, seid Ihr wohl gerade beschäftigt, Sir.«

Carolus stand in der Tür, die Brille bis zur Nasenspitze heruntergeschoben.

Mordred räusperte sich und blickte zwischen ihm und Madame Adelin hin und her. »Ich ... also ... Ja, ich glaube ... Man könnte sagen, dass ich gerade beschäftigt bin, ja«, herrschte er.

Carolus trat um die gebrochenen Dachschindeln und Scherben herum, die auf dem Boden verstreut lagen, und nahm eine der Münzen auf. »Das dachte ich mir«, murmelte er.

Mordred seufzte und zog seine Hörner aus der Decke, wobei sich ein halber Balken aus dem Gewölbe löste. Er beugte sich zu Carolus hinab, der die Münze noch immer beäugte.

»Ein Bindezauber liegt auf diesen Münzen«, sagte er. »Sehr interessant. Dabei seht Ihr mir gar nicht wie eine Zauberin aus.«

Madame Adelin wand sich im Griff des Drachen.

Er hat recht, wir sind gebunden an den Ring an ihrer Hand, flüsterten die Münzen.

»Ich verstehe«, brummte Mordred. Er warf einen Seitenblick auf Madame Adelin, die einen Silberring an der linken Hand trug. Bindezauberei war eine seltsame Spielart der Magie. Er verstand nur wenig davon. Aber er wusste, dass man sie unter anderem dafür verwendete, Objekte aneinander zu befestigen. Entweder auf die direkte Art, wie man sie gebrauchen würde, um die Anzugjacke zu reparieren, die in Fetzen von seinen Armen herabhing. Oder auf die indirekte Art ...

»Ich gehe davon aus, dass dieser Zauber dazu dienen soll, die Münzen wiederzufinden, nicht wahr?«, führte Carolus seinen Gedanken zu Ende.

»Und wenn schon. Als wüsste ich nicht schon längst, wo ich suchen soll.« Madame Adelin spuckte. »Ein Drache entfernt sich nie weit von seinem Hort.«

»An und für sich kein schlechter Plan«, gab Carolus zu, »doch es würde mich wundern, wenn Ihr das Versteck einfach so aufspüren könntet.«

Mordred lachte finster. Weißer Rauch sammelte sich über ihm

und verflüchtigte sich durch die Löcher in der Decke. »Aber von deinem größten Fehler wusstest du scheinbar nicht«, knurrte er. »Gold lügt nie.«

Britt Glaser
Besser spät als nie

Elli griff nach dem Stück Marzipantorte, das zwischen anderen süßen und kalorienreichen Köstlichkeiten auf der Kuchenplatte lag.

»Bist du dir sicher, dass du das noch schaffst?«, fragte Renate und blickte ihre Schwester kritisch an.

»Ach, keine Sorge, das schaffe ich schon noch.« Elli hob die Kuchengabel samt Marzipan, Sahne und etwas Tortenboden und schob sich das Gebäck in den Mund. Der Anblick erinnerte an einen Gabelstapler, der eine Fracht von A nach B bringt.

»Es ist dein drittes Stück!«

»Ich lass sowieso das Abendessen ausfallen.«

Der Gabelstapler arbeitete weiter.

»Du solltest regelmäßig essen«, ermahnte Renate.

»Klar, und dann lege ich noch eine Speckrolle an.«

»Wenn du regelmäßig deine Mahlzeiten zu dir nimmst, und in Maßen isst, bestimmt nicht. Aber wenn du drei Stücke Torte verspeist, wundere dich nicht, wenn du dicker wirst oder Diabetes bekommst.«

»Für was, bitte schön, soll ich verzichten? Bernd ist seit drei Jahren tot und wir werden es auch bald sein«, antwortete Elli und steckte sich den letzten Rest Marzipan in den Mund.

»Ach was, wir sind doch noch jung, wir haben noch ein paar Jahre.«

Elli setzte die Kaffeetasse ab. »Zur Erinnerung: Du bist seit zwei Monaten Rentnerin. Das wird man nicht mit 20 und auch nicht mit 40 Jahren. Dann noch diese Pandemie – wer sagt uns, dass wir nicht sowieso bald alle sterben werden? Da esse ich doch lieber noch ein Stück von dieser leckeren ...«

»Nein, Elli! Bitte nicht«, sagte Renate und hielt die Hand der Schwester fest, die den Tortenheber umklammerte. »Ich habe wirklich Angst um dich.«

Über den Rand ihrer Lesebrille blickte Elli die drei Jahre jüngere Schwester an und seufzte. »Ich meine das ernst, stell dir vor, wir erleben den Morgen nicht und haben heute auf Kuchen verzichtet. Ich glaube wirklich, wir sind dem Ende nahe. Die Erdbeben, Brände, starken Regenfälle und die Verrückten, die sich an Kindern vergehen. Ist das eine Welt, in der du leben möchtest?«

»Das hört sich an, als hast du dich bereits aufgegeben.«

»Vielleicht habe ich das?«, gab Elli resigniert von sich und griff langsam zum Tortenstück. Schwarzwälder Kirsch.

»Aber du hast es selbst in der Hand, du musst es ändern, es ändert sich nicht für dich.«

»Gleich kommst Du mir auch noch damit, ich solle auf Fleisch und sämtliche Milchprodukte verzichten. Ich will gar nichts ändern.«

Renate machte sich daran, eine Sektflasche zu öffnen. »Du sagtest, es stört dich, dass es Corona gibt, Waldbrände und so weiter, wenn du die Chance hättest, etwas zu ändern, indem du nur auf eine Kleinigkeit in deinem Alltag verzichtest, würdest du es tun?«

»Klar, würde doch jeder machen.«

»So sehe ich das auch. Deshalb esse ich kein Qualfleisch, für mich wird also kein Tier gequält und geschlachtet. Kein Schwein muss auf einem Gitterrost sein Dasein fristen und keine Pute mit gebrochenen Beinen von anderen Puten übertrampelt werden und kein Hähnchen, das nur sechs Wochen alt geworden ist, nie Sonnenlicht gesehen hat, aber dafür mindestens zweimal Antibiotika verabreicht bekam, muss für mich sterben. Und da es viele Menschen gibt, die so denken wie ich ...«

»Ach, jetzt hör aber auf, wenn es danach ginge, dürften wir ja gar nichts mehr essen.«

»Das erzähle ich dir nur, weil du meine Schwester bist, ich bin schließlich kein Moralapostel, jeder muss für sich entscheiden und schauen, wie er der Welt und sich selbst hilft.«

»Und du glaubst der Welt zu helfen, indem du kein Fleisch isst?«

»Ich helfe der Welt. Wenn du die Bücher gelesen hättest, die ich ...«

»Ich werde diese Bücher nie lesen.«

»Das weiß ich doch, und wie gesagt, ich möchte niemanden bekehren. Ich habe mich mit dieser Materie auseinandergesetzt und meinen Konsens gefunden, mehr nicht. Aber nun lass uns über die schönen Dinge im Leben reden.«

»Was gibt es denn Schönes?«

»Ich habe mir ein Tablet gekauft.« Renate setzte sich neben ihre Schwester und schaltete das Gerät an. Noch bevor Elli fragen konnte, was man damit macht, erklärte Renate bereits, wie sie die aktuellen Nachrichten nachschlagen oder sogar Filme damit anschauen könnte. »Damit kann ich auch googlen. Sieh nur, hier getippt und da gewischt kann ich nach Schuhen oder Möbeln suchen oder hier bin ich bei Facebook. Dort habe ich mich mehreren Gruppen wie »Vegetarisch kochen«, »Kleidung selbst nähen«, »Wir tun was für die Umwelt« und der »Singlegruppe« angeschlossen. Wäre das nicht auch etwas für dich?«

»Singlegruppe?«, fragte Elli und prustete los. »Gibt es auch die Gruppe: Vegetarische Singles?«

»Du, das weiß ich gar nicht,«, antwortete Renate und goss die Sektgläser erneut voll, »aber ich werde gleich mal nachschauen. Wenn es diese Gruppe gibt, werde ich für dich direkt mal eine Anfrage stellen.«

»Das hat mir gerade noch gefehlt! Eine neue Liebe. Wir sitzen verliebt beim Abendessen, schließlich muss man ja, laut Deiner Aussage, drei Mahlzeiten am Tag zu sich nehmen, unsere Augen lassen nicht voneinander und dann legen wir uns Pappscheiben aufs Brot und erzählen uns gegenseitig, wie lecker das ist. Es gibt schließlich kein Fleisch.« Und leise fügte sie hinzu: »Dabei bestehe ich doch aus sehr viel Fleisch!«

»Hast du zu viel Sekt gehabt?«

»Noch nicht«, sagte die Schwester und kicherte. »Reich mir mal das Glas. Aber halt! Ist der denn vegan, ansonsten dürftest du den doch gar nicht trinken.«

»Ich darf alles, was ich will, und ich höre schon heraus, dass du zu gern auch so konsequent sein möchtest wie ich.«

Sie prosteten sich zu und tranken die Gläser leer. Renate schenkte nach und räumte den Tisch ab.

Elli griff nach der Tageszeitung und breitete sie vor sich aus. Renate nahm auf der Couch Platz, legte ein Kissen auf den Schoß und darauf das Tablet.

»Oh Mann, ich mag schon nicht mehr diese schrecklichen Artikel lesen, warum können die nicht mal etwas Schönes in der Zeitung schreiben? Scheinbar gibt es nur Verrückte und einer tut dem anderen Leid an.«

»Ich kann mir im Tablet die Artikel aussuchen und auch Schönes lesen.«

»Bei der Zeitung kann ich auch Artikel überspringen, ich muss sie ja nicht lesen«, gab Elli von sich, ohne von dem bedruckten Papier aufzublicken. »Oh wie traurig, es wurden viele tote Vögel in der Nähe des Stadtparks gefunden, es wird eine Krankheit vermutet.«

»Wenn ich Vogelsterben im Internet eingebe, erscheint unter anderem ein Text, in dem es um ein Massensterben bei Vögeln geht, die gegen Buswartehäuschen fliegen. Das muss man sich mal vorstellen.«

»Oh, das ist bitter, aber da kann man doch was machen. Damals im Büro hatten wir Aufkleber an den Fenstern, die konnten die Vögel sehen, für uns Menschen waren diese jedoch fast unsichtbar. Solche können die doch daran anbringen.«

Renate las einige Textstellen vor, während Elli die Tageszeitung zusammenfaltete, die Sektgläser nachfüllte und sich neben ihre Schwester setzte.

Sie lasen noch einige Artikel, in denen Umweltschützer bereits versucht hatten, dem Vogelsterben an Buswartehäuschen mit verschiedenen Mitteln, unter anderem den Aufklebern, entgegenzuwirken, was die Betreiberfirmen der Busunternehmen jedoch ablehnten. Später wurde Facebook durchforstet nach interessanten Gruppen, denen man beitreten könnte.

»Ach, ich habe ja noch eine Überraschung für dich«, sagte Renate und lächelte ihre Schwester an.

Elli folgte Renate in die Garage. Zwei Elektro-Roller standen bereit.

»Die habe ich für uns gekauft«, erklärte Renate. »Jetzt, wo ich im Ruhestand bin, habe ich wieder mehr Zeit, mit dir was zu unternehmen.«

Elli lief um die schwarz glänzenden Roller herum und ließ sich zeigen, wo das Licht eingeschaltet werden konnte und wie man Gas gab. Ein Display zeigte an, wann der Akku wieder an die Steckdose musste. Elli stellte ihren linken Fuß auf die Trittfläche und fuhr mehrere Runden im Garagenhof.

»Das macht Spaß, Renate, komm lass uns ein bisschen durch die Stadt fahren.«

»Sollen wir das nicht lieber auf morgen verschieben? Es ist schon dunkel und wir sind nicht mehr ganz nüchtern.«

»Nein, ich möchte jetzt gleich fahren. Bis morgen kann ich unmöglich warten!«

Renate willigte ein und nachdem sie noch ein weiteres Glas Sekt getrunken hatten, zogen sie sich Schuhe und Jacke an. In der Garage fragte Elli:»Sag mal, wo hast du dein Werkzeug?«

Renate zeigte auf einen Schrank, der neben der Werkbank stand. Elli machte sich an den Schubladen zu schaffen und ließ einen Hammer in ihre Handtasche gleiten. Durchsuchte weitere Schubladen und steckte sich kichernd einen zweiten Hammer ein.»Nur gut, dass ich eine so große Handtasche habe.«

Auf die Frage der Schwester, warum sie Werkzeug auf die Ausfahrt mitnahm, lachte sie nur.

Sie schalteten das Licht an den Fahrzeugen an und rollten lachend los. Kreuz und quer ging es durch die Stadt. Fuhren keine Autos auf der Straße, nahmen sie mit ihren Rollern die Fahrbahn ein. Lachend überholten sie sich gegenseitig und jede tat jubelnd ihre Freude kund, wenn sie vorwegfuhr.»Das ist wie früher,« rief Elli,»weißt du noch, wie oft wir mit unseren Rollern unterwegs waren?«

»Du hast recht, es ist wie damals, nur dass unsere Fahrzeuge heute Motoren haben.«

Elli bremste in der Nähe eines Buswartehäuschens. Renate hielt lachend hinter ihr und rief:»So viel Spaß hatte ich lange nicht mehr!«

»Aber der Spaß fängt doch jetzt erst an«, erklärte Elli und nahm einen Hammer aus ihrer Handtasche und reichte ihn der Schwester, die fragend dreinschaute.

»Wir retten jetzt die Vögel«, erklärte Elli ernst und lief mit ihrem Hammer zum Buswartehäuschen.

»Aber ...«, sagte Renate und machte große Augen, als der

Hammer gegen die Scheibe knallte. »Das kannst du doch nicht machen!«

»Doch, das siehst du doch, ich werde ab jetzt Vögel retten!« Der Hammer knallte auf die rückwärtige Scheibe und prallte ab. »Man, das ist ja schwerer, als ich dachte«, stöhnte Elli und schlug ein weiteres Mal mit dem Werkzeug zu. Die Scheibe bekam einen Riss und beim nächsten Schlag viele kleine Risse, die an ein Spinnennetz erinnerten. »Juhu! Hier fliegt kein Vogel mehr davor«, prustete sie außer Atem und zeigte auf die Seitenscheibe. »Jetzt du.«

Renate schaute sich nach allen Seiten um, ob auch wirklich niemand in der Nähe war, der sie beobachtete.

»Wir retten heute Vögel«, erklärte Elli feierlich und nickte der noch unschlüssigen Renate zu, »Schweine, Rinder und Hähnchen rettest du ja schon lange.«

Renate schlug den Hammer gegen die Scheibe, holte erneut Schwung und hämmerte, bis sich die klare Scheibe in ein Meer aus Splittern verwandelte, die klirrend zu Boden fielen.

»Los, weiter zur nächsten«, sagte Elli verschwörerisch, als sie die Hände hochhielten und sich abklatschten. Sie stiegen auf ihre Roller und verließen den Tatort.

An der nächsten Bushaltestelle parkten sie die Roller und schwangen die Hämmer gegen die Scheiben. Sobald diese gerissen war, jubelten sie und zählten auf, die wie vielte sie zerstört hatten. »5. 6.« Renate hatte Elli gar nicht so viel Kraft zugetraut und staunte, wenn es ihr gelang, mit einem Schlag schon einen Riss entstehen zu lassen. »Du musst die spitze Seite nehmen«, erklärte Elli und zählte »15.« Wie besessen rollten sie durch die Nacht. »18. 19.«, sagte Renate. Elli holte aus und rief: »20. 21.«

In der Ferne erklang ein Martinshorn. Eilig stiegen sie auf die Roller und fuhren außer Atem und mit klopfenden Herzen durch die Nacht. Bei Renate angekommen, stellten sie die Roller in der Garage ab und gingen giggelnd in die Wohnung. »Oh Mann, ich habe mich schon seit Jahren nicht mehr so gut gefühlt«, sagte Elli und öffnete eine Flasche Sekt. »Nun lass uns anstoßen auf meine erste gute Tat. Ich würde morgen gern damit weitermachen, aber ich merke jetzt schon, dass mir alles weh tut. Das war ungewohnte Arbeit.«

»Weil gute Taten für dich etwas ganz Neues sind«, erklärte Renate und beide prusteten los.

Berauscht vom Alkohol und ihrem Abenteuer schliefen sie fast bis zum Mittag des nächsten Tages.

Renate hatte den Frühstückstisch ausgiebig gedeckt und Kaffee in die Tassen gegossen, als Elli sich mit den Worten setzte: »Oh man, wenn Mama und Papa wüssten, was wir für einen Blödsinn gemacht haben. Das würde Ärger geben.«

»Die wissen es, vom Himmel aus sieht man alles. Aber den Ärger würdest nur du bekommen, schließlich bist du die Ältere und Vernünftigere. Aber mal Spaß beiseite, wir haben einen ganz schönen Schaden angerichtet.«

»Wir haben es für die Vögel getan«, erklärte Elli und schlug mit der Faust leicht auf den Tisch. »Manchmal muss man eben so zeigen, dass ... na, dass etwas geändert werden muss. Gib mir doch mal den Aufschnitt, ich habe Appetit auf etwas Herzhaftes.«

»Meinst du etwa diese veganen Pappscheiben?«, fragte Renate und hielt der Schwester die Verpackung hin. »So hast du den Aufschnitt gestern noch genannt.«

»Ach weißt du, Schwesterchen, wir leben im Jahr 2021 und haben so viele Möglichkeiten. Es liegt an uns selbst, ob wir uns für etwas interessieren und einsetzen und auch, ob wir etwas ändern.«

»So ist es«, antwortete Renate und lächelte, »und wir haben die Freiheit, jeder Zeit damit zu beginnen.«

Antje Haupt
Die seidene Weste

Als sie zurück auf die Straße trat, regnete es natürlich in Strömen. Das wenige Sonnenlicht, das sich durch die Wolken stahl, wurde von der Straße zurückgeworfen und ließ die ganze Innenstadt glitzern. Unter ihrer Maske musste sie so breit grinsen, dass ihre Augen sie beinahe verraten hätten. Sie sah hinab auf das Stück Streuselkuchen, das ihr die Bäckereifachverkäuferin geschenkt hatte, und stellte sich vor, es würde darauf eine kleine Kerze brennen. Sie schloss die Augen. Feuerwerk im Bauch. Happy Birthday.

Identität ist ein Gefühl, da war sich Chaymae sicher. Heute war sie 21 Jahre alt, morgen vielleicht 22. Heute hatte sie Geburtstag, übermorgen vielleicht einen neuen Namen. Wie konnte sie sich da sicher sein, wenn sie nicht einmal wusste, was sie heute Abend essen wollte?

Jetzt gibt es erst mal den Kuchen, unterbrach sie sich selbst. Sie zählte ihre Schritte und setzte sich in einen verlassenen Hauseingang. Auf dem Klingelschild konnte sie noch erkennen, dass hier einmal Familie Stein wohnte. Kurz hatte sie den Impuls, den Schalter zu betätigen, doch dann besann sie sich auf ihr ursprüngliches Anliegen. Kuchen. Ohne Gabel und mit vier Bissen war er schnell verputzt. Gedankenverloren betrachtete sie die zuckerglänzende Pappe, auf der gerade noch ein köstliches Stück Gebäck lag. Sie bog es langsam zwischen Daumen und Zeigefinger, knickte und faltete es, bis es eine Vielzahl neuer Ecken bekommen hatte. Eins, zwei, drei ... sieben acht neun. Mit Bedacht riss sie eine der Ecken ab und steckte sie in ihre linke Jackentasche. Kleines Souvenir. Im Augenwinkel beobachtete sie, wie einige Menschen an ihr vorüber hasteten, um dem Regen zu entkommen. Nass zu werden scheint ihnen lästiger zu sein, als meine Anwesenheit, dachte Chaymae kalt. Sie fühlte sich schon seit Langem nicht mehr willkommen hier. Nur ihrer Mutter zuliebe kam sie einmal im Monat zu Besuch und verbrachte selbst dann die meiste Zeit damit, alleine durch die abgelegenen Gassen zu streifen. Heimat ist ein Gefühl, da war sich Chaymae sicher. Diese Stadt hatte sie längst verstoßen.

Mit einem tiefen Seufzer stand Chaymae auf und spürte, wie ihre Hüfte vom Sitzen auf der kalten Treppe schmerzte. Widerwillig schüttelte sie den Kopf. Sie war viel zu jung, um sich so alt zu fühlen. Sie hielt sich das sorgfältig zerknüllte Pappstück wie einen Regenschirm über den Kopf und tanzte ein paar Pirouetten auf dem Kopfsteinpflaster. Vor einem kleinen, spärlich beleuchteten Schaufenster blieb sie abrupt stehen. Alles, was sie erkennen konnte, waren festliche Hüte und die düsteren Silhouetten von Schaufensterpuppen. Ein Schauer fuhr ihr über den Rücken.

Was ist dieses Gefühl nur? Ist es Freude? Dafür fühlt es sich zu schwer an. Bei Freude würde sich mein Gesicht verzerren und mein Bauch kribbeln, stattdessen brennen mir die Augen, wie wenn ich wütend werde – aber Wut? Wut kann es nicht sein, schließlich schaue ich friedlich auf eine Schaufensterpuppe und habe dabei keinerlei Bedürfnis, wegzurennen ... oder die Scheibe einzuwerfen. Irgendetwas zieht, nein: zerrt an mir, etwas in mir lacht! Ha!

Mit einem Ruck, der sie selbst in seiner Kraft überraschte, öffnete sie die Tür zum Geschäft, in dem eine zierliche, helle Glocke ihre Ankunft verriet. Der Klang der Glocke war so zart, dass er sofort vom Raum verschluckt wurde. Danach war es behaglich still. Vorsichtig, als würde das ihren stürmischen Auftritt wiedergutmachen, ließ sie die Tür ins Schloss fallen, wandte sich um und fand sich zwischen ausgefallenen Anzügen und Jacketts wieder. Es roch nach Leder, Mottenkugeln und schwerem Parfüm. Sie musste keinen ganzen Schritt weit gehen, um von feinsten Stoffen umgeben zu sein. Voller Ehrfurcht legte Chaymae ihre Hand auf eine Seidenweste zu ihrer rechten, die in edlen Blau- und Grüntönen schimmerte. Langsam fuhr sie mit ihren Fingerkuppen über den Stoff, der sich darunter gab wie flüssiges Wachs. Sie schloss ihre Augen. Feuerwerk im Bauch.

Jemand tippte ihr vorsichtig von hinten auf die linke Schulter. Mit einem Ruck drehte sie sich herum und sah einen kleinen, freundlich lächelnden Mann vor sich stehen. Seine Augen waren gerahmt von Lachfalten, in die er schon einige Jahrzehnte investiert zu haben schien, und unter seiner Maske murmelte er: »Was darf es für Sie sein?« Er sah mit messendem Blick an ihr herunter und folgte dann ihrem rechten Arm hinauf bis zu ihren Fingern, die noch immer wie magnetisch an der Weste hingen. Voller Verlegenheit ließ sie ihre Hand fallen und vergrub sie in ihrer Jackentasche. Der kleine Mann lachte auf und ließ sie wortlos stehen. Sie sah ihn hinter einem Schreibtisch in einem Kleiderschrank wühlen, während er eine kleine, fröhliche Melodie pfiff. Als er kurz darauf auf sie zukam, hielt er eine seidene Weste in Grün-blau in den Händen und hielt sie abschätzend an ihre Schultern.

»Passt! Passt!«, rief er eifrig nickend und gestikulierte, sie solle ihre Jacke ausziehen. Chaymae vergaß für einen Moment, zu atmen, während sie sich die Weste überzog. Sie passte tatsächlich. Der Stoff legte sich wie von selbst an ihren zierlichen

Körper und war angenehm kühl.

Am nächsten Morgen hatte der Regen den Himmel strahlend blau gewaschen. Im Haus roch es nach frisch gekochtem Kaffee. Charlie drehte in seinem Zimmer mehrere Pirouetten und betrachtete sich dabei ausgiebig im Spiegel. Zusammen mit dem anthrazitfarbenen Anzug machte sich die Weste besonders gut, da hatte der kleine alte Mann nicht gelogen. Er sah noch ein paar Sekunden lang verträumt den goldenen Knöpfen dabei zu, wie sie das Licht der Morgensonne reflektierten, als er seine Mutter rufen hörte. Was er zum Frühstück möchte, fragte sie. Er lächelte. »Das weiß ich erst, wenn ich's sehe.«

Uta Heinig
Die Magie des Zählens

»21, 22,...« zähle ich laut. Ich bin fünf Jahre alt, liege unter meinem Bett und halte mir die Ohren zu. Ich bin nicht alleine, Puschel ist bei mir, unser Hund. Auch er hat seinen Kopf unter seinen Pfoten vergraben, ob er mitzählt, weiß ich nicht. Ich weiß, dass der gefürchtete Donner gleich kommt, denn der Blitz war schon da. Und ich weiß auch, dass das Gewitter ganz nah ist, also praktisch über mir, wenn ich nicht weit genug komme, mit dem Zählen. Also zähle ich ganz schnell. Je höher die Zahl, desto weiter ist das Gewitter noch entfernt, das hat mein Vater mir beigebracht.

Ich vermute, ich bin das einzige Kind in unserer Straße, das schon mit vier Jahren bis dreihundert zählen konnte. Das habe ich nur meiner Angst vor dem Donner zu verdanken. Ich bin so schnell bei 83, dass man die Zahlen kaum versteht; egal, Hauptsache, das Gewitter ist noch ganz weit weg.

Auch ein paar Jahre später sind wir beide immer noch Schisser. Wir gehen jeder Situation, die gefährlich werden könnte, gekonnt aus dem Weg. Ich brauche bei einem Spaziergang mit Puschel, sobald ich Unheil in irgendeiner Form wähne, nur stehen zu bleiben, mit »21, 22,...« anzufangen und schon begeben wir uns in stillem Einverständnis in die entgegengesetzte Richtung.

Heute weiß ich natürlich, dass dieses Vermeidungsverhalten nicht unbedingt die optimale Strategie im Umgang mit Ängsten war, aber damals gaben mir diese Zahlen das Gefühl, wenigstens ein gewisses Maß an Kontrolle in meinem Leben zu haben.

Ich weiß nicht, warum Mut bei verschiedenen Menschen so ungerecht verteilt wird. Ich habe mich das wirklich oft gefragt. Mir wurde jedenfalls Mut nicht in die Wiege gelegt.

Über dieses Phänomen habe ich im Übrigen während meiner verwirrenden Pubertät und auch später noch das ein oder andere Mal intensiv und erfolglos nachgedacht. Wer legt denn den Kindern etwas in die Wiege? Und wer entscheidet, was, wenn überhaupt, bei wem hineingelegt wird? Warum wurden mir beispielsweise keine mathematischen und fremdsprachlichen Fähigkeiten hineingelegt, mit denen ich meinen Notendurchschnitt im Abitur deutlich würde verbessern können? Warum wurde mir keine stärkere Willenskraft in die Wiege gelegt, wenn es darum geht, bei Rotwein und Schokolade »Nein« zu sagen? Und warum werden immer nur positive Elemente in die Wiege gelegt? Wenn ein Kind schielt, kleinwüchsig und dumm wie Bohnenstroh ist, sagt kein Mensch, dass ihm das in die Wiege gelegt wurde. Dann ist die Mutter daran schuld, weil sie während der Schwangerschaft zu viel oder zu wenig getrunken hat, je nachdem, welche Flüssigkeit dabei im Spiel war. Oder war vielleicht in meiner Wiege nicht genug Platz, um etwas hineinzulegen? Als schmächtiges Sieben-Monats-Kind wäre Platz in Hülle und Fülle vorhanden gewesen. Aber nicht einmal der Mut hat es dorthin geschafft.

Dabei wäre ich, vor allem als Kind, immer so gerne angstlos gewesen, so wie Batman. Dann wäre mein ängstlicher Puschel mein Robin gewesen und wir wären beide unerschrocken über den Himmel geflogen und hätten andere Lebewesen gerettet, ganz egal, welcher Art, wir hätten da gar nicht groß unterschieden. Hauptsache retten. Und dann hätten wir beide uns jedes Mal strahlend angeschaut, abgeklatscht und einen weiteren

Strich auf die Rettungstafel gemalt. So wie die Banditen es früher im Wilden Westen mit ihren Revolvern gemacht haben, für jede Leiche eine Kerbe im Griff. Bei uns wäre es andersherum gewesen, für jede gerettete Seele ein Strich.

Dann wären wir ins Fernsehen gekommen, alle hätten sich überschlagen mit Lob und Zuneigung, wir wären überall eingeladen worden und hätten tausend Geschenke bekommen. So habe ich mir das damals ausgemalt. Und wenn man ein kommendes Ungemach, wie zum Beispiel ein Gewitter, durch ganz schnelles Zählen, beginnend mit »21, 22,...« vermeintlich hinauszögern kann, könnte man bestimmt eine superschöne Situation durch ganz langsames Zählen möglichst lange bei sich behalten und genießen. So stellte ich mir damals vor, würde ich das nach jeder Rettung und jedem neuen Geschenk und dem damit verbundenen warmen Gefühl zusammen mit Puschel machen.

Und heute, im vorgerückten Alter, ertappe ich mich manchmal dabei, dass ich in besonders schönen Momenten ganz leise zähle:

»E-I-N-U-N-D-Z-W-A-N-Z-I-G, Z-W-E-I-U-N-D-Z-W-A-N-Z-I-G«.

Markus Jöhring

Doppelte Unendlichkeit

Nichts erschien der Null fremder als die Vorstellung eines Anfangs oder gar eines Endes. Ihre Erscheinung selbst – eine Linie, die unendlich um eine imaginäre Mitte zu kreisen schien – ließ keinen anderen Gedanken zu, als dass alles immerzu fortlaufe. Ihre geschlossene Form umhüllte eine Leere, die von außen betrachtet vielleicht sinnlos, wie ein lebensfeindliches Vakuum erschien. In dieser Leere, also in sich selbst, nahm die Null jedoch ein Gefühl der rundum geschützten Freiheit wahr. Allein der Umstand, dass sie keinen perfekten Kreis darstellte, sich hochformatig in den Himmel streckte, ließ keinen Raum für Eitelkeiten, für einen Anspruch auf Perfektion. Und die Ähnlichkeit mit dem Großbuchstaben O führte immer wieder zu Verwechselungen, die sie aber im Laufe ihres Lebens immer häufiger als bedeutungslos empfand.

Der verspäteten Zustellung eines Einschreibens an einem Dienstag schenkte die Null zunächst keine besondere Aufmerksamkeit. Erst am folgenden Donnerstag weckte der Absender des Briefes, das Ministerium für Erneuerung und Entwicklung, ihr Interesse.

Der formelle Text kündigte ihre Nachfolgerin an. Unmissverständlich und ohne ihre Zustimmung wurde diese neue Stelle mit einer gewissen Eins besetzt, einem auf dem Kopf gestellten Häkchen, das spitz die Welt zu erobern schien und dabei nach allen Seiten offen blieb. Ihre Linie endete ebenso abrupt, wie sie begann. War die Eins nun eine Provokation oder nur eine voreilig bewilligte Dummheit?

Einen ganzen Monat lang zog sich die Null in sich selbst zurück, atmete überwiegend flach in sich hinein und – gelegentlich mit einem leisen Seufzer – wieder aus. Ihr Widerspruchsrecht verfiel in dieser Zeit und allmählich kehrte sie zu ihrem gewohnten, leeren Leben zurück, in dem nichts Neues begann, in dem folglich nichts Altes endete.

Es war die Eins selbst, die die Null in einem Post ansprach und sie einlud, aktiv an diesem Prozess der staatlich initiierten Erneuerung teilzunehmen. Hatte sie bisher die schriftliche Aufforderung des Ministeriums ignoriert, so wollte sie dieser direkten, öffentlichen Ansprache der Eins nicht ausweichen.

Diesen geschickten Schachzug konnte sie nicht unbeantwortet lassen, das wurde ihr sofort bewusst. Dabei waren ihr Einsichten, die unausweichlich von außen auf sie einwirkten, zuwider, weil fremdbestimmt.

»Wir stehen am Anfang einer neuen Bewegung«, begrüßte die Eins die Null bei einem gemeinsamen, öffentlichen Auftritt.

»Und Sie sind der Anfang dieser Bewegung«, fuhr die Eins fort, »der Ursprung gewissermaßen ...«

Der Null fielen die ersten Worte sichtlich schwer: »Es ist nichts. Gar nichts. Kein bisschen ... nix, null Problem.«

Das Publikum hielt für einen kurzen Moment den Atem an, bis es die Botschaft verstand.

Die Null erklärte alles für null und nichtig. Diese Authentizität wurde mit tosendem Applaus belohnt. Schließlich stand, im Widerspruch zu sich selbst, direkt neben ihr die neue Nummer Eins, der sie aber zu diesem Zeitpunkt keine herausragende Rolle zusprach. Auch außerhalb ihrer eigenen, leeren Erscheinung schien ihr im Äußeren nichts von Bedeutung. Ihre Persönlichkeit, ja ihr ganzes Leben machte sie ausschließlich an ihrer kreisrunden Form aus. Innen und außen erschienen ihr gleichermaßen leer – die innere Leere in einem begrenzten Raum – die äußere unermesslich groß, nahezu unendlich.

Eine zunehmende Zwietracht unter den Menschen wurde mit der Einführung der Zahl Zwei gesät. Eine Zweiteilung, eine Polarisierung war vom Ministerium für Erneuerung und Entwicklung ursprünglich jedoch nicht beabsichtigt. Es war nur ein konsequentes, wenn auch unbedachtes Vorgehen, die Eins zu verdoppeln. Der obere Bogen der Zwei erinnerte ein wenig an die Null und das spitz zulaufende untere Ende wiederum an die Eins. Die Unendlichkeit und Leere der Null, als auch die Ausschließlichkeit der Eins wurden durch die Zwei ad absurdum geführt.

Eine weitere Addition zur Drei, die aus gleich zwei Rundungen der Null aufgebaut war, ließ zu diesem Zeitpunkt den Beginn einer Entwicklung erahnen, die eine unüberschaubare Zahlenvielfalt zur Folge haben sollte. Und mit dieser Vielfalt nahmen die Auseinandersetzungen weiter zu. Davon sprachen auch die gekreuzten Striche der Vier. Die bauchige Fünf war ein erneuter Versuch, runde Elemente der Null neu zu interpretieren. Bei der Sechs schloss sich endlich wieder der Kreis – lediglich eine schräge Linie wurde ihr hinzugefügt, um der Eins nicht ganz zu missfallen.

Die Sieben – eine Eins, die sich mit einer Linie, dem kurzen Arm, aufbäumt. Die Acht, die grafische Verdopplung der Null, doppelte Unendlichkeit also – hier übte nachweislich die Zwei Einfluss auf diesen Entwurf. Die gedrehte, sich aufbäumende Sechs wurde die Neun. Der Kreis der Null erhob sich in ihr. Gestützt auf einen einzigen Arm, verwies sie, wenn auch etwas unsicher auf einem Bein, auf den Anfang der Zahlenentwicklung, der Null, die Leere.

Wie Menschen den Raum verändern, sobald sie ihn betreten

und ihm seine Unschuld, die Leere nehmen, so traten die Zahlen in das Leben der Menschen, um es zu teilen, zu subtrahieren und – theoretisch – zu vervielfachen, um von der Unendlichkeit des Wachstums zu erzählen.

Zahlen durchdrangen Körperfunktionen, Emotionen und Verhalten. Verhalten, Emotionen und Körperfunktionen durchdrangen Zahlen. Götter sandten zunächst Boten zur Erde, um von den Zahlen kosten zu lassen, stiegen später im Rausch selbst hinab, verwandelten sich zu irren Wissenschaftlern mit unbändigen Frisuren. Und jeden Freitag füllte mein Nachbar einen kleinen Papierschein mit vielen Zahlen aus, in der Hoffnung, plötzlich unendlich reich, unendlich glücklich zu werden.

»Einundzwanzig war kein gutes Jahr,« murmelt Anna in mein Ohr.

»Zweiundzwanzig soll besser werden,« antworte ich wie automatisch. »Die Zahlen gehen runter, immer weiter runter, weißt du?«

»Es sollen neue Zahlen kommen, höhere, größere ... die neuen Zahlen der zweiten Zahlenreform«, ergänzt Anna.

»Wir werden sehen« antworte ich monoton und zähle die vorbeifahrenden weißen Hybriden, bis ein großer Schwebebus stoppt und, unter dem Staunen der Eisdielenbesucher, rückwärts in die schmale Sackgasse gleitet.

»Es ist der 2059er« kommentiere ich dieses Schauspiel. »Der hat sich verfahren. Hier fährt ja eigentlich nur der 2069er, Richtung Außensektor. Der Fahrer ist vermutlich vom Verteiler aus zu früh abgebogen. Er wurde von Gästen sicherlich auf den Fehler aufmerksam gemacht, oder nein, das GPS-System hat den Fehler erkannt – bestimmt – und dann einen Fehlercode durchgegeben.«

»Mein Gott«, wimmert leise eine Mittvierzigerin, die immer von allen auch noch so unbedeutenden Ereignissen fürchterlich betroffen ist. »Die armen Kinder in dem Bus. Denkt denn keiner an die armen Kinder?« Mit ihren drei Kugeln im Hörnchen setzt sie sich taumelnd an einen der freien Tische – eine Steuerstraftat, wie sich unmittelbar herausstellt.

»Entschuldigung, das dürfen sie nicht«, spricht sie die Service-Assistentin an. Sie haben das Eis zum Mitnehmen gekauft, also mit 7 % Mehrwertsteuer. An den Tischen ist 19.«

»Sie sehen doch, in welchem Zustand die Drei-Kugeln-im-Hörnchen-Mittvierzigerin ist«, ergreife ich Partei und bestellte einen weiteren Cappuccino, am Tisch, am Tisch 104. Ja, es ist der 104er. Wie gestern.

Als das siebte weiße Auto vorbeifährt, haben sich alle Gemüter beruhigt, ist der 2059er im Außensektor angekommen, wo alle Fahrgäste bereits von Protektoren empfangen werden, in Sammellagern untergebracht, getestet und notfallmedizinisch versorgt werden.

»Zwei Cappuccino? Macht Fünfvierzig .«

»Stimmt so.«

Michael Schumacher
Abendsonne

Wie war dein Tag? Der Frühling ist wohl endlich angekommen. Hat auch Frau Koch heute beim Bäcker gesagt. Hätte der Wettermann im Morgenmagazin erzählt. Die Magnolie an der Kreuzung, im Garten bei dem alten Haus, blüht seit gestern. Ich muss immer an früher denken bei Magnolien. Ein paar Tage Pracht und dann liegen die Blütenblätter alle auf dem Boden. Wie bei deinen Haaren. Was hattest du früher für volles Haar! Weißt du noch, wie wir nach dem Schützenfest auf dem Nachhauseweg in das Gewitter geraten sind? Dein neuer Anzug war hinüber und die Matsche lief uns in die Schuhe. Begossene Pudel waren wir. Meine Dauerwelle war auch platt. Zum Glück stand die alte Hütte von Onkel Theo noch an der Weggabelung. Ich war doch extra noch nach Riesa gefahren, um mir die neuen Schuhe zu kaufen. Ja, die hellbraunen. Mit dem Riemchen und den höheren Absätzen.

Was haben wir gefeiert, früher. Da waren alle. Jeder, den man kannte. Heute stehen sie mit einer Bierflasche in der Hand auf der Tanzfläche, mittendrin, und unterhalten sich. Die hätten wir beide umgemäht, bei einer schnellen Polka. Was hast du mich immer herumgewirbelt! Das hätte mal jemand wagen sollen, die anderen beim Tanzen zu behindern.

Es hat sich so viel verändert. Was soll ich uns denn kochen? Ich habe noch Blumenkohl. Aus Frankreich, stand auf dem Schild. Warum holen die den aus Frankreich? Oder die Möhren? Alles muss immer jederzeit verfügbar sein. Erdbeeren an Weihnachten. Und dann schmecken die noch nicht mal. Immer in Plastik verpackt. Kannst du dich noch an die Walderdbeeren erinnern, die wir gefunden haben, als das Gewitter zu Ende war? Diese kleinen. Ich hab den Geschmack noch auf der Zunge.

Die Sachen schmecken oft nicht mehr. Nicht so, wie wir es erlebt haben. Und weniger Vitamine als früher seien darin; das stand neulich in der Apothekenzeitung. Aber vielleicht schreiben die das nur, um ihre Pillen zu verkaufen. Ein Paket Taschentücher haben sie mir neulich geschenkt. Und ein Tütchen Brustkaramellen. Das hätten sie mal im Herbst verschenken sollen. Seit fünfundzwanzig Jahren gehe ich dort hin. Ein Paket Tempo und drei Bonbons.

Ich glaube, ich koche den Blumenkohl. Mit einer Mehlschwitze? Was meinst du? Manche bereiten den ja im Backofen zu. Ich muss das nicht verstehen. Zuviel Mehl wäre nicht gesund. Stand auch in der Apothekenzeitung.

Das Roggenbrot vom Dribbisch ... Was konnte der backen! Da sind die Leute zehn Kilometer gelaufen, um dieses Brot bei ihm zu kaufen. Dazu noch die Blutwurst von dem einen, der mit seinem klapprigen Wagen immer zum Markt kam. Man erzählt ja, der hätte schwarz geschlachtet und die Mäuse wären bei ihm durch den Keller gelaufen. Aber die Wurst war lecker. Bei Edeka legen sie jetzt zwischen jede Wurstscheibe ein Blatt Cellophan. Was für ein Blödsinn. Da hab ich übrigens heute diesen Polen getroffen, mit diesem unaussprechlichen Namen. Jedes Mal, wenn wir uns treffen, guckt er mich an und sieht, wie ich überlege. Ich mach das doch nicht absichtlich. Man wird vergesslich. Wenn es nichts Schlimmeres gibt. Er soll ordentlich putzen, hab ich ihm ja mal gesagt, kurz nachdem er eingezogen war. Das wird man doch noch sagen dürfen. Die Leute nehmen immer weniger Rücksicht.

Vorgestern, ich hatte dir das erzählt, hat mich dieser Student von oben beinahe umgerannt, als ich in die Straßenbahn stieg. Hat dann nur kurz »Sorry« gebrummelt. Als ob er mich nicht erkannt hätte. Kann der das nicht auf Deutsch sagen? Sorry. Das hätten wir mal machen sollen.

Komm doch mit in die Küche. Kartoffeln dazu? Oder Reis? Nudeln passen ja nicht so recht zu Blumenkohl. Wo war ich ... der Student. Ich weiß auch nicht, was der so treibt. Mal geht er mittags aus dem Haus, mal erst am Nachmittag, aber so gut wie nie frühmorgens. Eine Freundin scheint der auch nicht zu haben. Der Pole auch nicht. Traurig sieht der aus, grau, wenn du mich fragst. Ja, grau. Hängende Schultern, keine Spannung im Körper. Wotz oder so heißt der.

So hätten wir mal bei Lewald ... der Sportlehrer, du erinnerst dich doch sicher, ja, genau der, der Robert am Reck immer so getriezt hat, weil er den Felgumschwung nicht schaffte. Was aus dem wohl geworden ist? Aus Robert, meine ich. Keine wollte mit ihm tanzen. Vielleicht waren es auch die Drüsen.

Ach, guck mal: zwei Raupen. Was mach ich jetzt mit denen? Französische Raupen ... die kann ich doch nicht ... ob die das überleben, wenn ich die von hier oben auf die Hecke werfe? Oder doch in den Mülleimer? Jetzt sind sie so weit gereist, haben das überlebt und ich soll jetzt entscheiden. Wir sind auch weit gereist, damals. Ganz von vorne angefangen haben wir. Na ja, man nimmt sich ja immer mit. Deshalb nicht ganz von vorne.

Dieser Kartoffelschäler ist Mist, schau dir das mal an. Da kann ich auch gleich mit dem Messer und in der Hand schneiden. Tante Lore und ihr Kartoffelsalat, das war ein Gedicht. Die große, weiße Schüssel, in der sie ihn immer zubereitet hat. Selbstgemachte Majonäse, Eigelb, Senf, Öl, langsam verrühren mit dem Schneebesen. Das macht ja heutzutage kaum noch jemand, alles muss schnell gehen. Dann die märkischen Kartoffeln, die Spreewaldgurken. Die hatte ein Tempo drauf! Und alles ohne ein Schneidbrettchen. Hornhaut hatte die am Daumen. Was haben wir gefeiert. Und all die Kinder! Renate könnte sich auch mal wieder melden.

Die Frau von gegenüber, die Alleinerziehende, das ist auch nicht einfach. Ich weiß nicht, warum der Mann weg ist. Oder ob sie gegangen ist mit dem Kind. Ganz nett ist die. Aber sie spricht nicht viel. Mit dem Polen habe ich sie neulich noch gesehen, unten an den Briefkästen. Ob die was miteinander haben? Wo ist denn der Deckel? Ach, dort. Hiergeblieben, ihr Raupen. Dann haben die den Kohl wohl nicht gespritzt. Oder die Raupen haben sich nach der Ernte hineingeschlichen. Hast du auch schon bemerkt, dass es viel weniger Mücken und Fliegen gibt? Hier in der Stadt ja sowieso. Was wurden wir früher zerstochen an unserem Badeteich! Auf dem Markt sagte der Gemüsehändler zu Frau Lohmann, dass er früher regelmäßig die Fliegen von der Frontscheibe entfernen musste und heute klebe da kaum noch eine.

Ich sehe die Mücken noch vor uns tanzen, an dem kleinen Strand am See. Abends, nach Sonnenuntergang, haben sie uns dann zerstochen. Das war schön, wenn wir ein letztes Mal vor dem Heimweg ins Wasser gesprungen sind. Du hast wie ein Wal geprustet und das Licht flimmerte auf den Wellen, die wir geschlagen haben. Manchmal war ja außer uns niemand dort. Das Wäldchen, die Fliederbüsche – wie lange habe ich keinen Flieder mehr gerochen. Pflaumenbäume gab es dort auch. Stimmt, du hast Recht, das war bei Kellers rechts neben der Pferdewiese. Dann waren das Mirabellen. Hat der Keller, der alte Keller, der mit der Kriegsverletzung, hat der nicht auch Schnaps aus den Mirabellen gebrannt, bis ihn jemand verpfiffen hat? Tante Lore bekam doch jedes Jahr mindestens eine Flasche davon und

wenn sie den Kellers einen Pott Salat machte, auch.
Was mach ihn nun mit den beiden? Darf man das überhaupt,
ausländische Tiere so einfach ... da gibt es doch Geschichten
von diesen Schildkröten, die von Leuten ausgesetzt wurden.
Ich fühle mich auch immer noch ausgesetzt. Das hört nie auf,
glaube ich. Schon wieder quietscht diese Haustür. Wofür bezahlen wir eigentlich den Hausmeister? Vorletzte Nacht bin ich
davon wach geworden. Du hast mich alleine gelassen. Ich kann
das immer noch nicht begreifen. Warte auf mich, ich bringe die
Raupen eben in den Garten.

Volker Stahlschmidt
Schön zeitlos

Pete schaute auf das Meer. Auf sein Meer.

Das Wasser grün, der Himmel blau, die Sonne gelb. Es gab Dinge, die waren perfekt. Jedwede Veränderung hätte die Komposition zerstört.

Eine Welle baute sich auf, erhob sich königlich gen Horizont. Für einen Moment stand sie samt dem Rest der Welt still, dann brach sie und warf sich dem goldbraunen Strand entgegen.

Pete hörte ihren Klang, ein seichtes Rauschen – absolute Stille hätte nicht ruhiger sein können. Genau hier waren die Wellen am besten. An diesem Meer, an diesem Abschnitt. Hier türmten sie sich zu der perfekten Höhe auf, im perfekten Abstand zum Strand, noch genügend Platz, um auf ihnen reiten zu dürfen, aber auch nah genug, um anschließend im hüfthohen Wasser zum Stehen zu kommen.

In den Magazinen berauschten sie sich schon seit Jahren an immer neuen Rekorden; Menschen, die von haushohen Wellen verschlungen worden waren, wurden gefeiert wie Pioniere. Als ginge es darum, neues Land zu entdecken. Als sei der nächste Rekord das einzig Erstrebenswerte, als müsse man jemanden und alles übertrumpfen. Dabei ging es um das Gegenteil. Um Einklang, Schwingung, den perfekten Rhythmus.

Petes Handy klingelte, riss ihn aus den Gedanken. Er zog das uralte Nokia aus der Tasche seines verwaschenen Hoodies, warf einen Blick auf das Display. Sweetie, stand dort. Er musste den

Eintrag wirklich mal ändern.

Das Handy klingelte weiter, störte die Ruhe, Pete starrte weiter auf die schwarzgelbe Anzeige. Er atmete tief ein, sein Daumen wischte über das leuchtende Stück Plastik. Wegdrücken oder rangehen. Das Klingeln hatte hier am Strand wirklich nichts zu suchen, Petes Finger konnten sich zu keiner Aktion durchringen.

Endlich stoppte das Klingeln.

Was wollte sie denn auch? War doch eindeutig gewesen ihre Ansage. Sie wolle sich weiterentwickeln! Was sollte das denn bitte heißen? Ging es denn allen nur noch um höher, schneller, weiter?

Pete blickte wieder zum Meer. Auf den Pfählen der Buhnen landeten einige Möwen. Pete beobachtete sie, aber nun war seine Ruhe hinfort. Nichts konnte ihn derart in einen meditativen Zustand versetzen, wie aufs Meer zu blicken, aber wie ein Ölteppich hatte sich die Störung von außen über seinen Geist gelegt, tropfte nun langsam auf jeden einzelnen seiner Gedankengänge herab. Was die Menschen allem Anschein nach nicht verstanden: In der Ruhe war man im Flow, beim instinktiven Handeln befand man sich im Gleichklang mit der Welt.

Jetzt musste er auch noch an Frank denken, der doch tatsächlich einmal einen Antrag hatte stellen wollen, im Bereich des Surfstrandes die Buhnen zu entfernen. Das war so typisch für diese neumodischen Style-Surfer. Wahrscheinlich wusste er noch nicht einmal, wofür die Buhnen überhaupt da waren! Am liebsten hätten sie wohl auch noch Ebbe und Flut abgeschafft!

Pete musste sich beruhigen. Nun klingelte sein Handy auch noch ein zweites Mal. Am liebsten hätte er es ins Wasser geworfen, aber das konnte er – nebst der viel zu melodramatischen Geste – seinem Meer natürlich nicht antun.

Er wollte doch gar nichts. Aber alle wollten etwas von ihm.

Oder wollten von ihm, dass er seine Ruhe verlor. Wahrscheinlich weil sie selber keine Ruhe besaßen. So waren sie, die Menschen. Nichts gönnte man niemandem nicht.

Pete besaß sie. Oder hatte sie einst besessen, jene Ruhe. Jene Akzeptanz, jene humane Gleichgültigkeit gegenüber den unterschiedlichen Verhältnissen der Menschen. Aber nein, sie wollten, dass man die Ruhe verlor und von einem Termin zum nächsten, von einem Event zu zwei weiteren hetzte. Und dann nannten sie es ‚sich weiterentwickeln'.

Pete kannte Leute, die waren nicht mal als Kinder sie selbst gewesen. Er war einer der wenigen, der eine Tätigkeit gefunden hatte, bei der er auch im fortschreitenden Alter das Im-Moment-Sein vollständig erlebte.

Pete dachte zurück. Wann hatte es angefangen? Wann hatten die Menschen begonnen, Dinge für wichtig zu nehmen? Besitztum, Titel, Posten, sich selbst? Nicht das Gelingen der Gemeinschaft, der Einklang mit allen anwesenden Personen, allen Lebewesen, der Natur?

Eine Stunde aufs Meer oder in den Himmel schauen, und man wusste, dass man egal war. Und das war gut so. Karriere, Besitz und auch Religion, alles galt der Überhöhung. Nein, man war eines von Milliarden Lebewesen und das Beste, was man tun konnte, war, sich dem Strom hinzugeben. Dann, in wenigen Momenten, die einem Menschen vergönnt waren, lebte man. War man. Existierte ...

Sein Handy vibrierte. Pete schloss die Augen.

Wie speicherten andere Menschen ihre Mutter wohl im Telefon ab? Unter ‚Mutti'? Mit dem Vornamen?

Unter ‚Mensch, der denkt, ich schulde ihm etwas, weil er zwecks Verewigung Nachwuchs haben wollte und nun von mir will, dass ich ...'

»... kannst du bitte endlich Deinen Kram aus dem Keller abholen, Peter. Komm doch morgen zum Mittagessen, wir würden uns ...«, las Pete. Klar. Natürlich brauchten sie den halben Quadratmeter im Keller, weil sie viel zu wenig Platz hatten. Zu zweit in ihrem riesigen Haus mit ihrem riesigen Garten. Zu viel Platz in ihren Köpfen, das war das Problem. Langeweile, Angst davor, sich mit dem Ehepartner oder sich selbst zu beschäftigen. Seit keines der Kinder mehr zu Hause wohnte, die Karrieren ihren Zenit überschritten hatten, machte sich Panik breit.

Seine jetzigen Gedanken waren sogar noch schlimmer als die vorherigen, befand Pete. Also was hatte er vor der SMS gedacht? Wann es angefangen hatte. In seinem Fall vermutlich, als er mit 12 den ersten Wellenreitwettbewerb des Ortes gewonnen hatte. Marc war nur Zweiter geworden. Ihm selbst war das völlig egal gewesen, wäre es anders herum ausgegangen, es hätte keinen Unterschied gemacht. Aber seit diesem Tag hatte Marc ihn immer übertreffen wollen. Hatte sich erst dem Windsurfen, später dann dem Kitesurfen hingegeben. Pete schüttelte mit dem Kopf. Kitesurfen! Was war daran bitte Surfen? Sie sprangen so hoch, waren so lange in der Luft, dass es völlig lächerlich war. Mittlerweile drehten sie sich aus Langeweile sechsmal um die eigene Achse, während sie sich über dem Wasser befanden. Dafür gingen einem sogar schon die Namen aus. Wie sollte man das auch nennen? Einen Twentyone-sixty? Für das, was sie dort taten, brauchten sie gar keine Wellen, die sich brachen. Alles was sie brauchten, waren Rampen. Genau genommen brauchten sie noch nicht einmal Wasser. Was sie taten, hätten sie auch genauso gut an Land tun können. Dann hätten sie wenigstens nicht einen immer größer werdenden Abschnitt des Strandes eingenommen.

Pete konnte nicht mehr ruhig sitzen. Er stand auf, ging rückwärts über den Strand, löste den Blick nicht vom Meer. Er atmete schwer. Fühlte, wie sich seine Fersen in den Sand drückten, spürte die Muskeln seiner schmalen Waden.

Nun stand er mit dem Rücken zur Düne, die komplette Weite des Strandes, des Meeres und des Horizonts vor sich. Die Buhnen waren durchnummeriert.

Pete musste an den Tag denken, als er sich mit den anderen Surfshop-Besitzern über die Verteilung hatte arrangieren müssen. Als wäre es seelenloses Land, hatten sie eine Karte ausgebreitet, jede Buhne mit einer Nummer versehen, die Strandabschnitte dazwischen mit Punkten gekennzeichnet.

Zwischen 20 und 23, das hatten sie ihm gelassen. Drei Punkte, zwei Zahlen.

Pete versuchte, sich wieder auf seinen Blick zu konzentrieren. Seine zwei Buhnen lagen vor ihm. Sein Abschnitt.

Hätte er damals doch bloß nicht an diesem Wettbewerb teilgenommen! Er hätte heute einen Shop mit Marc zusammen.

Und hätte dieser die Szene nicht so mitgeprägt, gäbe es die meisten Kitesurf-Shops vermutlich gar nicht. Und sie zwei hätten super von ihrem kleinen, aber feinen Shop leben können.

Aber nun konnte Pete die Rechnungen nicht mehr bezahlen. Alles lief aus dem Ruder. Sie hatten es geschafft, nun hatte auch er seine Ruhe verloren.

Und eines war klar: Gäbe es Petes Shop an dem Abschnitt nicht mehr, würde dieser auch noch von den Kitesurfern übernommen. Stundenlang ließen deren Coaches die Anfänger mit ihren überdimensionierten Schirmen am Strand Übungen verrichten. Dann könnte er hier noch nicht einmal mehr sitzen, die Ruhe und Natur genießen. Das durfte nicht passieren! Aber wie sollte er bloß innerhalb der nächsten zwei Wochen das Geld auftreiben?

Pete ging in die Knie. Griff mit der Hand in den Sand, ließ ihn durch die Zwischenräume seiner Finger rieseln. Dann schaute

er hoch. Eine Möglichkeit gäbe es. Rein theoretisch. Das Preis-
geld von dem Kitesurf-Wettbewerb am nächsten Wochenende.

Stef
Das Spinnennetz

In meiner Brust macht sich Druck breit;
Das Ende ist unweit;
Meine Lunge wird entzweit;
»Mein Beileid, mein Beileid«,
hör ich die Leute auf meiner Beerdigung schon sagen.
Doch gehen wir nochmal einen Schritt zurück.

In meiner Brust macht sich Druck breit und ich weiß, es ist kein Organversagen, nein, etwas anderes muss ganz schief laufen gerade. Ich glaub, ich habe Angst. Wie eine dicke, haarige, enorme Spinne sitzt sie mir auf der Brust und lässt nicht ab, spinnt ihr Netz bis hoch in meine Gedanken und schnürt mir mit Seidenpanikfäden die Luft ab.

Die Fäden trüben meine Sicht der Dinge wie Nebel auf meiner Brille, wenn ich Maske trage. Denn wenn die Pandemie noch lange weitergeht, dann kann ich längere Zeit nicht arbeiten, dann verdien ich kein Geld, verlier meine Wohnung, werd obdachlos und ganz schlimm krank und schlussendlich bin ich tot.

Unrealistisch, oder? Aber diese Angst hab ich. Anderes Beispiel:

Wenn ich die nächste Arbeit nicht schreibe, werd ich mein Studium nicht bestehen, niemand wird mich weiter einstellen, ich verdiene kein Geld mehr, verlier meine Wohnung, werd obdachlos und krank und schlussendlich bin ich tot.

Kommt bekannt vor?

Ich versuchs nochmal:

Wenn meine Diagnose, schwere rezidivierende Depression, eine chronische Erkrankung, noch schlimmer wird, dann werd ich meine Wohnung nicht mehr verlassen, das krieg ich jetzt ja kaum noch hin, werd weiter meine Gefühle in mich reinfressen, bis ich Nilpferden Konkurrenz mache, werd solange auf der Couch oder im Bett liegen bleiben, bis meine Haut anfängt zu schimmeln und sich alle von mir abwenden, statt mich mal zu wenden.

Statt eines Unterstützungsnetzwerks von außen werde ich in einem Netz aus Angst hängen, bis ich meine Wohnung verliere, weil ich monatelang nicht arbeiten war, werd obdachlos und krank und schlussendlich bin ich tot, falls ich mein Leben nicht Monate vorher schon beendet haben sollte, aber wenn man apathisch in einer Depression steckt, ist es eh schwer sich zum Selbstmord aufzuraffen.

Die Spinne hat mich voll im Griff, jedes ihrer Härchen, das mich berührt, ein anderes Horrorszenario, das mich nachts nicht schlafen lässt, tagsüber nicht atmen und das perfide ist, je mehr ich in ihrem Netz zapple, desto mehr verfange ich mich, wie die brave Beute, die ich für sie doch bin, bis sie mich verzehren kann, um eines der Horrorszenarien wahr werden zu lassen.

Mir fällt nichts Kluges, Interessantes mehr ein -> keiner bucht mich mehr -> obdachlos und tot.

Ich vergraule alle, die mich mögen -> durch die Einsamkeit werd ich wahnsinnig -> obdachlos und tot.

Meine Therapie wird mir gestrichen -> ich treffe noch schlechtere Entscheidungen als eh schon-> obdachlos und tot.

Ich schaffe es nicht, mit meinen Ängsten umzugehen -> eine

davon wird als Resultat von Paralysenschockstarrenverhalten wahr -> welch Überraschung, obdachlos und tot.
In meiner Brust macht sich Druck breit;
Ich brauche `ne Auszeit;
Von Gedanken und Krankheit;
"Mein Beileid, mein Beileid";
Hör ich die Leute auf meiner Beerdigung schon sagen.

Und da ist kein Schritt, den ich zurückgehen kann, denn gefühlt bin ich immer nur drei Schritte von der nächsten Katastrophe entfernt, aber EinHundertTausendSechsHundertVierundSiebzigMilliardenundDreiHundertFünfMillionen Schritte von Sicherheit und Erfolg.

Jeder Brief in meinem Postkasten könnte die Rechnung sein, die ich nicht bezahlen kann, oder der Polizeibescheid, dass meine Existenz als Ausländer in Deutschland beendet wird und ich EU-Bürger, hin oder her abgeschoben werde oder der Brief vom Finanzamt, dass ich ins Gefängnis komme, weil ich aus Versehen Steuern hinterzogen habe, einfach weil ich sie nicht verstehe, oder die Hassdrohung, dass man mir linker Schwuchtel, Atheistenhurensohn oder Migrantenschmutz den Garaus machen möchte, weil ich nicht ins Weltbild passe, jeder Anruf könnte der sein, bei dem es heißt, mein Vater ist tot, Mutter verschollen, Oma dement, nein halt, den letzten hab ich schon bekommen, vielleicht ist der nächste Anruf, ich bin dement und vielleicht würde mich das von dem Leid erlösen, denn anders als alles vergessen zu müssen, weiß ich mir nicht zu helfen, da ist keine Spinne, die ich einfach erschlagen kann, ich hab nicht mal Angst vor Spinnen, da ist nur die konstante Angst, vor allem, vor jedem, für immer.

Was wenn ich im Rewe 10 Cent zu wenig habe und deswegen aus dem Laden geschmissen werde, was wenn ich gedankenverloren über die Straße gehe und überfahren werde, was wenn ich das Jahr 2021 nicht übersteh, 22 nicht erlebe und 23 schon längst vergessen bin, was wenn ich unter der Last aller Gedanken zusammenbreche, die Panikattacken in so hohen Wellen aus Spinnen über mich rollen, dass ich sie nicht abschütteln kann, niemals wieder, immer wieder, Spinnen auf den Augen, im Mund, in den Ohren in der Brust und ich schüttle und schüttle, doch es ist kein Schütteln es ist Zittern, ich krieg keine Luft, ich krieg keine Luft, ich ...

Neulich, hab ich einem Obdachlosen 15 Euro gegeben. Es ging mir schlecht an dem Tag und ich dachte mir, vielleicht geht es mir besser, wenn ich wem anderen was Gutes tu, absolut nicht altruistisch, absolut eigennützig, und es hat geklappt, er hat sich gefreut, ich hab mich gefreut.

Nur für einen Moment. Denn dann ist mir eingefallen, dass der bestimmt auch mal einen Beruf hatte. Und ein Umfeld. Und eine Wohnung. Auf mir sind keine Spinnen, sondern ich spinne nur, die katastrophalsten Abfolgen von Ereignissen aneinander, spinne mir eine Zwangsjacke zusammen – so eng, dass ich vor Irrationalität kaum noch atmen kann. Ich hab fürchterliche, um den Verstand bringende Angst, dass welche Lebensumstände ihn auch befallen haben, mich auch bald einholen.

Den halben Weg dahin, hab ich gefühlt leider schon geschafft.

Franziska von der Gathen
Bauernhof oder Irrenhaus

Kristin kroch nur äußerst ungern unter ihrer warmen Kuscheldecke hervor. Der Regen, der sich erst behutsam angekündigt und dann jedoch immer bestimmender an ihr Dachfenster geklopft hatte, stahl ihr nicht nur ihre Träume, sondern auch die Gemütlichkeit, die ein freier Freitagabend zu Hause ihr eigentlich bescheren sollte. Sie hatte sich auf einen Gilmore-Girls-Faulenzer-Rumliege-Abend mit gelegentlichen Schlummerpausen gefreut, denn sie wusste nach dem siebten Durchsehen der ersten Staffel der Serie, die sie letztes Jahr zu ihrem 25. Geburtstag von ihrer Schwester geschenkt bekommen hatte, sowieso schon, was Rory und Lorelai erwarten würde. Sie liebte es, hervorsehen zu können, was als Nächstes passieren und welches Drama sich auftürmen würde. Auf diese Weise musste sie keine Ungewissheit aushalten und konnte mal so richtig entspannen. Entspannt war die Situation aber nun schon seit einigen Minuten nicht mehr. Der Regen hatte es sich anscheinend zur persönlichen Mission gemacht, ihren Abend zu versauen. Wie um ihre These der Regenverschwörung gegen sie zu bestärken, schienen sich die Tropfen nun noch energischer gegen ihr Fenster zu werfen. »Könnt ihr mich nicht mal in Ruhe lassen?«, schrie sie den Regentropfen gedanklich entgegen. »Wisst ihr denn nicht, dass ich dringend alleine sein muss?« Kristin fühlte sich vom Regen angeglotzt, ausgelacht und um ihre Wärme beraubt. Er schien all ihre tiefst verborgenen Gedanken zu kennen. Er spuckte ihr ihre Feigheit bezüglich des immer noch nicht angenommenen Physik-Studienplatzes in Berlin, ihre tiefe Trauer, seitdem ihr Freund vor einigen Monaten verstorben war, ihre Selbstvorwürfe, weil sie seither Panik bei dem Gedanken bekam, einen Fuß vor die Tür zu setzen und noch so viel mehr dunkle Brocken ihres Lebens vor die Füße. Es nützte alles nichts, sie konnte dieses Getöse nicht aushalten. Sie wollte, nein, sie musste Ruhe haben.

Ermutigt von dem Gedanken der Stille, welche vielleicht in der Badewanne ihres kleinen Badezimmers, der einzige Raum in ihrer gedrungenen Dachgeschosswohnung, der keine Fenster hatte, zu finden sein würde, schaffte sie es schließlich endgültig, ihre Decke von sich wegzustoßen und den ersten nackten Fuß auf dem kalten Laminat zu platzieren. Auch der zweite Fuß berührte fast den Boden, als sie ein dumpfes langes Geräusch vernahm. War das ein Muhen? Nein, das konnte nicht sein. Wahrscheinlich wollte der verflixte Regen sie nur noch tiefer in den Wahnsinn treiben. Ihre Heimat Dinkelsbühl strotzte zwar nicht besonders vor Urbanität, sondern es war die gemütliche Verschlafenheit, die Kristin an ihrer Kleinstadt liebte, aber ein Muhen hatte sie in den altstädtischen Gassen trotzdem für unmöglich gehalten. Doch da tauchte es wieder auf. Etwas zaghafter diesmal, aber es war eindeutig ein Muhen. Kristin setzte ihren zweiten Fuß auf den Boden und tapste in Richtung ihres Fensters, um nachzusehen, was draußen vor sich ging. Sie spähte in die Dunkelheit, konnte durch die Nässe auf den Fensterscheiben aber nichts erkennen. Also versuchte sie das Fenster zu öffnen, musste sich aber auch bezüglich dieses Plans schnell geschlagen geben. Der Regen war einfach zu stark und drückte sich ihr hämisch entgegen. Ach, egal, sicher spielte der Beagle, den sich ihre schrullige Nachbarin Frau Winkelmann vor Kurzem nach dem Auszug ihres Sohnes als Verhätschlungsersatz zugelegt hatte, bloß mit einem Kauspielzeug. Sie war von der Sorte Mensch, die ständig nach neuen Aufgaben suchte und die Gemütlichkeit eines Freitagabends ebenso wenig zu schätzen wussten, wie der Regen Kristins Wunsch nach Ruhe respektierte. Kristin hatte also kopfschüttelnd gerade beschlossen, ihren Weg zum Badezimmer wieder aufzunehmen, als sie erneut durch das Muhen, diesmal in Kombination mit einem blechernen Läuten, erstarrte.

Glocken und Muhen ließen nun also nur noch zwei Möglichkeiten offen. Erstens, eine Kuh stand in der Gasse unter ihrem Wohnungsfenster, oder zweitens, Kristin hatte durch ihre monatelange Selbsteinsperrung ihren Verstand verloren. Entweder musste sie sich also um das Wegschaffen einer Kuh oder um einen Platz in der Psychiatrie bemühen. Entweder Bauernhof oder Irrenhaus. Um Letzteres ausschließen und endgültig Ruhe finden zu können, zog Kristin sich ihre himmelblauen Plüschpuschen an, nahm den Wohnungsschlüssel vom verstaubten Harken, atmete tief ein, öffnete die Tür, machte einen zuversichtlichen Schritt nach vorn und knallte die Tür schließlich doch heftig wieder zu. Nein, sie konnte nicht raus gehen. Was hatte sie sich bloß dabei gedacht? Seit Monaten hatte sie sich nun nicht getraut das Haus zu verlassen, wieso sollte dann jetzt im verregneten Dunkeln der beste Moment dafür sein? Wenn dort wirklich eine Kuh stand, dann würde sie sicher auch wieder von alleine verschwinden. Wie um gegen diesen Gedanken zu protestieren, erschallte das verdrießliche Muhen erneut. Es nützte alles nichts, sie musste nachsehen. Mit schwitzigen Händen öffnete sie also erneut die Tür und begann, sich zögerlich wie auf rohen Eiern auf die Treppenstufen zuzubewegen. Ihre wackeligen Füße in den Plüschpantoffeln versuchten zwar dagegenzuhalten, aber nach einigen Minuten stellte Kristin geschockt fest, dass sie unten im Hausflur angekommen war. Sie hatte die Treppen bezwungen. Sie gluckste vor Freude und vergaß beinahe, wieso sie überhaupt Sorgen vor der Außenwelt gehabt hatte, als der ihr ins Gesicht peitschende Regen beim Öffnen der Haustür sie schroff daran erinnerte. Kristin verzog den Mund und wollte die Tür wieder zudrücken, da erblickte sie tatsächlich die schwarzen Kulleraugen einer braun-weiß gefleckten Kuh. Die Kuh schien sie verärgert anzusehen, so als ob sie sich über die lange Wartezeit, bis Kristin endlich da war, beschweren wollte. Kristin trat unglaubwürdig näher an die durchnässte Kuh heran. Sie bemerkte weder den Regen, der in Sekundenschnelle ihre himmelblauen Plüschpuschen zu einem dunklen Nachtblau verwandelt sowie auch ihre restliche Kleidung durchweicht hatte, noch überhaupt die Tatsache, dass sie draußen war. Stattdessen begann sie leicht zu grinsen, während die Kuh ihr ungeduldig zuzunicken schien. Erleichtert darüber, dass sie nicht verrückt geworden war, sondern wirklich eine Kuh vor ihr im Lichtkegel der Straßenlaterne stand, ging sie auf diese zu und begann sie vorsichtig zu streicheln. Die Kuh genoss die endlich an sie herangetretene Aufmerksamkeit sichtlich und stupste Kristin bestätigend an. Diese bemerkte dabei eine gelbe Marke am Ohr der Kuh. Jene musste ihr doch sicherlich Auskunft über den Herkunftsort dieser geben können. Sie versuchte die handgeschriebene Zahl auf der Marke zu entziffern, jedoch hatte sich der Besitzer der Kuh wohl nicht darum bemüht, eine wasserfeste Schrift zu verwenden, sodass sie nur noch ».21.22.« dekodieren konnte. Kristin grübelte über die Bedeutung nach, aber da sie des Bauernjargons , oder wie auch immer man das nannte, nicht mächtig war, griff sie kurzerhand nach ihrem Handy und tippte ».21.22.« ein. Die Suchmaschine spuckte ihr jedoch nur unbrauchbare Fremdsprachenartikel und Programmierwerbungen entgegen. Die Kuh führte währenddessen ihr ungeduldiges Muhen fort. Was sollte Kristin tun? Die Polizei rufen und ihnen sagen, dass eine herrenlose Kuh seit einiger Zeit seelenruhig in der kleinen Gasse vor ihrer Wohnung stand und sie provokant anmuhte? Sie wären wahrscheinlich weder die richtigen Ansprechpartner, noch würden sie das für mehr als einen schlechten Telefonstreich halten. Wie um ihr die Entscheidung abzunehmen, ging die Kuh ein paar Schritte die Gasse entlang, blieb wieder stehen und blickte sich nach Kristin um. »Na gut«, dachte Kristin, »dann bringe ich dich also einfach zu Fuß zum nächstgelegenen Hof.« Die Kuh konnte ja nicht von weit hergekommen sein. Und hatte Kristin nicht letzten Montag erst in der Zeitung gelesen, dass Reiterhof Fraunholz sich Kühe angeschafft hat? Ja, die Kuh musste von dort ausgebüxt sein, es waren ja nicht viel mehr als zwanzig Minuten Fußweg. Bevor sie es sich anders überlegen konnte, marschierte die Kuh bereits entschlossen die nächsten Meter der Gasse hoch. Auf diese Weise war es anscheinend also vereinbart. Kristin und die Kuh würden sich in das Abenteuer ‚Nachhauseweg‘ stürzen. Dass ein Abenteuer das Letzte war, was Kristin vor einigen Minuten gewollt hatte, schien der Kuh egal zu sein und Kristin vergaß dies zunehmend selbst. Zu sehr war sie damit beschäftigt, zu realisieren, dass sie in der Tat neben einer Kuh hertrottete. Sogar den Rückzug des Regens bemerkte sie nicht. Stattdessen erkannte sie, wie sehr sie die angenehme Frische der hineinbrechenden Nacht, die Gerüche der spätblühenden Felder und das Gefühl der groben Pflastersteine unter ihren Füßen, nein unter ihren Plüschpuschen, genoss. Moment mal, Plüschpuschen? Kristin nahm plötzlich ein Engegefühl in der Brust wahr, ihre Beine zitterten und ihre Kehle schnürte sich zu. Was hatte sie sich nur dabei gedacht wie eine Irre in ihren Hausschuhen und Gammel-Klamotten in der Dunkelheit herumzugeistern? Dazu noch neben einer dahergelaufenen Kuh? Der Druck auf ihrer Brust breitete sich immer schneller aus, es fühlte sich an, als ob die Kuh, statt neben ihr auf ihr herumtrampeln würde. Kristin sackte in sich zusammen und starrte mit versteinertem Blick in die vom Regen übrig gebliebene matschige Pfütze neben ihr. Sie bekam kaum noch Luft und schrie sich innerlich an: »Atme, atme verdammt. Reiß dich zusammen. Ein und aus, ein und aus, ein und ...« Da wurde sie plötzlich angestupst. Irritiert hob sie ihren Kopf. Die Kuh war neben sie getreten und sah fragend auf Kristin herab. Kristin bildete sich ein, so etwas wie Verständnis im Blick der Kuh zu erkennen. Zusätzlich muhte die Kuh ihr leise zu, als wolle sie sie ermutigen, nicht aufzugeben. Kristin wusste natürlich, dass es Quatsch und dies bloß auf ihre menschliche Interpretation der Situation zurückzuführen war, fühlte sich aber dennoch so, als ob die Kuh ihr etwas von der Schwere auf ihrer Brust abgenommen hätte, und so richtete sie sich wieder auf.

Zweiundzwanzig Minuten, drei weitere solcher Zusammenbrüche seitens Kristin und vier schmatzende Gras-Pausen seitens der Kuh später erreichten die beiden den Hof. Nachdem Kristin dort weit und breit keine Person gefunden und auch niemand auf ihr eindringliches Klopfen am Bauernhaus reagiert hatte, ersuchte sie schließlich auf eigene Faust die Ställe und stellte erleichtert fest, dass es hier wirklich Kühe gab. Ein Blick auf die Ohren der vermeintlichen Genossen ihrer Kuh sorgte jedoch für Ernüchterung. An diesen befanden sich zwar auch Marken mit Zahlen, aber diese waren weder gelb noch handbeschrieben. Egal, beschloss Kristin, sie wollte nach Hause. Sie würde ihre Kuh trotzdem hierlassen und morgen bei dem Hof anrufen.

Siebzehn Minuten, fünf Versuche die Kuh abzuwimmeln, welche trotz der eigentlich schönen Unterkunft, die sie hätte haben können, nicht aufhörte Kristin nachzulaufen, und zwei Begegnungen mit verwirrt dreinschauenden trunkenen Touristen später stand Kristin wieder vor ihrer Haustür. Sie ging gerade zum tausendsten Mal innerlich durch, wie sie mit der Situation verfahren sollte, als plötzlich überschwänglich jauchzend Frau Winkelmann aus ihrem Garten auf sie zustürmte. »Penelope, da bist du ja! Ich habe mir solche Sorgen um dich gemacht«, schluchzte sie theatralisch. »Wo hast du Penelope gefunden?« Kristin brauchte einen Moment, um den Stand der Dinge neu zu sortieren. Die Kuh, Penelope, war nicht so, wie sie angenommen hatte von einem Hof ausgebüxt, sondern nur ein paar Schritte aus dem Garten ihrer Nachbarin hinausgetreten. Anscheinend hatte sich jene wohl nicht nur den braun-weiß gefleckten Beagle als neue Mission gegen mögliche Langeweile ausgesucht, sondern direkt auch ein größeres muhendes Exemplar mit dem gleichen Muster. Laut loslachend erklärte Kristin der ebenso fassungslosen Frau Winkelmann von ihrer Fehlannahme und dem anschließenden Abenteuer. »Ja, Penelope ist eine treue Seele. Ich habe sie vor einigen Tagen von einem befreundeten Bauern bekommen. Er baut in den nächsten Monaten seine Stallungen um und benötigt deshalb Leute, die einigen seiner Tiere zeitweise Obhut gewähren können und da konnte ich nicht widerstehen, Penelope mitzunehmen«, erklärte Frau Winkelmann. »Aber wieso haben Sie denn nicht auf ihrer Marke nachgesehen, wo sie herkommt.« Kristin berichtete von ihrem Versuch, die Ziffern richtig zu enträtseln. »Kind, Kind. So ein Durcheinander«, schmunzelte Frau Winkelmann. »Schau, vor dem Punkt hier stand, bevor der Regen es verwischt hat, unsere Straße, also August-Gabler Str., dann die 21 für die Hausnummer, und die 22 ist meine Schuppennummer. Ganz frisch vom Amt genehmigt bekommen, damit ich Penelope zurzeit halten darf.«

Dreiundvierzig Minuten, zwei Tassen Früchtetee mit Frau Winkelmann und ein heißes Bad später kroch Kristin zurück unter ihre, daheim brav auf sie gewartete Kuscheldecke und angelte sich ihren Laptop vom hölzernen Nachtschränkchen. Sie genoss die wohlige Wärme, die sich mit dem Versinken ihrer endlich aufgetauten Füße rasch unter der Decke breitmachte sowie die ohne den laut prasselnden Regen eingekehrte Ruhe. Kristin klappte den im Gegensatz dazu noch kalten, vor sich hin surrenden Laptop auf. Anstatt die gewohnte Gilmore-Girls-DVD ins Laufwerk einzulegen, öffnete sie hingegen die Immatrikulationsseite der Berliner Humboldt-Universität und drückte den Bestätigungsbutton ihres Studienplatzes. Wie um ihr zu gratulieren, hörte sie daraufhin zum letzten Mal in dieser Nacht, bevor sie einschlief, ein tiefes Muhen.

Die Autorinnen und Autoren

ANJA BÖKER,

geboren 1966, lebt und arbeitet in Recklinghausen. Sie studierte Theater-, Film- und Fernsehwissenschaften in Bochum. Nach ihrem Volontariat bei Radio Essen arbeitete sie als Redakteurin, Moderatorin und Reporterin bei mehreren Radiosendern sowie als Autorin von Biografien im Privatkundenauftrag. Aktuell unterstützt sie Geflüchtete beim Bildungszentrum des Handels e. V. und schreibt Kurzgeschichten und Gedichte. Erste Veröffentlichungen in Anthologien und Zeitschriften.

FABIAN BRÜNINGHOFF

ist 14 Jahre alt und besucht das Gymnasium Petrinum in Dorsten. In seiner Freizeit spielt er gerne und gut Handball beim SV Schermbeck, außerdem kocht er gerne und verbringt Zeit mit seiner Familie.

Falls ihm doch mal langweilig ist, informiert er sich über die neuesten Geschehnisse in der Welt, besonders verfolgt er die deutsche Politik, hört gerne Musik, vor allem beim Kochen.

Philine Galka

wurde 2001 in Herten geboren und studiert derzeit in Bochum. Sie entdeckte ihre Liebe zum Schreiben schon mit neun Jahren bei dem Versuch, Geschichten über Fabelwesen, wie Elfen und Drachen, zu schreiben. Seitdem befasst sie sich mit allem, was im Fanta-  sy- und Science-Fiction-Genre ein Zuhause findet. Ihre Texte veröffentlicht sie regelmäßig in Anthologien oder auch online.

Britt Glaser

Meistens ist es Mord, sagt man ihr nach, doch sie trägt neben dem Hang zum Kriminellen und aus dem Leben Gegriffenen auch die Liebe zum Fantastischen in sich. In Form von Kurzgeschichten, Gedichten und Romanen wurden diese seit 2009 veröffentlicht.  2011 erreichte sie mit der Geschichte »Der erste Urlaubstag« den 2. Platz des Literaturpreises »Dorstener Lesezeichen«. Das Gedicht »Wahres Leben« wurde vom »Literarischen Arbeitskreis Dorsten« zum Gedicht des Monats Oktober 2012 gekürt. Die Geschichten »Nachtschatten« und »Die alte Frau« erreichten im Jahr 2013 jeweils den 2. Platz beim Corona Magazine. 2017 wurde sie von der Neuen Literarischen Gesellschaft für die Vestische Literatureule nominiert. Im Oktober 2014 erschien Band 1 ihres Kinder- und Jugendbuchs »Das Herz von Arkamoor - Auf der Suche nach dem verlorenen Stein« und 2019 Band 2. Seit 2015 leitet sie zudem mit großer Freude Schreibwerkstätten für Kinder im Bereich Kreatives Schreiben.

Antje Haupt

Seit dem achten Lebensjahr schreibt Antje Haupt Geschichten und Gedichte, um die Welt um sich herum zu ver- und entschlüsseln. Auch in der Theaterszene war sie schon als Jugendliche aktiv. Seit nunmehr acht Jahren tritt die 25jährige auf Poetry Slam Bühnen im Deutschsprachigen Raum auf, egal ob in Belgien, Österreich, Dresden oder Duisburg. Die gebürtige Friesin ist studierte Germanistin und Philosophin und fühlt sich auch in der Pädagogik zuhause. Daraus erwuchs im Leiten von kreativen Schreibworkshops eine weitere Leidenschaft. In der Kunst ist Antje Haupt inzwischen mehr und mehr auf die visuelle Seite gewechselt und entwirft Illustrationen für Magazine und Veranstaltungsdesigns für Wortkunstveranstaltungen.

Uta Heinig

erblickte 1957 in Mannheim das Licht der Welt, wo sie später auch ihr Abitur schaffte und ein Studium zur Betriebswirtin absolvierte. Von dort zog es sie nach Aachen zum erfolgreichen Studium der Psychologie.

Ihre Brötchen verdiente sie sich danach in Recklinghausen, in Saarbrücken und in den letzten zehn Jahren (bis zur jetzigen Rente) bei der AWO, bei der sie als pädagogische Fachkraft in verschiedenen Offenen Ganztagsgrundschulen arbeitete. Seit 1986 verheiratet und mit einem tollen Sohn gesegnet, wohnt sie seit 1992 in Herten. Ihre Liebe zum Schreiben begann beim Lesen, schon in jungen Jahren. Als der Schule nicht besonders zugetaner junger Mensch war sie stets dankbar für das Fach Deutsch, wo sie mit guten Noten in Aufsätzen die eine oder andere schlechte Note in Mathematik kompensieren konnte. Diese Leidenschaft ist bis heute geblieben.

MARKUS JÖHRING

Der Recklinghäuser Künstler Markus Jöhring, Jahrgang 1966, ist ehemaliger Schüler von Professor Pitt Moog (†). Er arbeitet freiberuflich als Diplom-Designer in den Bereich Design und Kommunikation. Auseinandersetzungen mit aktuellen, gesellschaftlichen Fragen finden sich vor allem in seinen künst-

lerischen Arbeiten wieder. Spielerisch verknüpft Jöhring Text- und Bildbotschaften.

Ein Jahr lang kommentierte er mit dem Cartoon »Inge, Willi, Corona und ich« die Ereignisse rund um die Covid-19-Pandemie. Mit der Streetart-Aktion »über den tellerrand« lud Jöhring Anfang 2021 Kreative ein, im öffentlichen Raum individuell gestaltete Porzellanteller auszustellen. Die provokanten Textbotschaften der Streetart-Aktion »Happy Lost Places« machten in Köln und Recklinghausen auf die wachsende, globale Umweltzerstörung aufmerksam.

MICHAEL SCHUMACHER

Seit 2014 ist der gebürtige Wuppertaler nach einer mehrjährigen Pause wieder auf Bühnen aktiv, moderiert und organisiert Poetry Slams und Lesungen und ist auch mit Prosa und Lyrik als Solist, im Duo „Beyer und Schumacher" sowie im Quartett „Menschenskind" zu hören. Mehrere Veröffentlichungen seiner Texte in Anthologien. Er schreibt über fast alles, was ihm vor die Feder fällt: seine Jugend in Wuppertal, die Eigenheiten des Rheinländers an sich, sprachliche Fallstricke, wildgewordene Haushaltsgeräte, allzu Menschliches sowie die kleinen und großen Tragödien des Alltags. Aufgewachsen im Bergischen Land wohnt er jetzt grauhaarig und ausgesprochen gerne in der alten Römerstadt Xanten. Frei nach der niederrheinischen Lebensweisheit: Et is so, aber auch mal so. Was sagt das über seine Texte? Nichts. Oder alles. Je nachdem.

STEF,

geboren1996, ist ein Künstler griechischer Herkunft aus München, wohnhaft in Köln.

Mit seinen Texten über Queerness, mentale Gesundheit und andere soziopolitische Themen bereist er seit 2014 die Kleinkunstbühnen des deutschsprachigen Raums, seit 2017 ist er Teil des Slamteams »Textstreet Boys«. Seit 2020 studiert er mediale Künste an der Kunsthochschule für Medien in Köln.

Er war Teilnehmer der Nordrhein-Westfälischen Meisterschaft und der deutschsprachigen Meisterschaften im Poetry Slam seit

2017, 2021 war er bei letzterer auch Finalist im Team-Wettbewerb. Zusammen mit Sven Hensel ist er Herausgeber der Anthologie "Fantastische Queerwesen und wie sie sich finden" (2019, Satyr Verlag). Momentan arbeitet er an seinem zweiten Anthologieprojekt.

VOLKER STAHLSCHMIDT
wurde 1978 in Bergisch Gladbach geboren. Nach Abitur und Zivildienst folgten diverse Immatrikulationen und zahlreiche Gelegenheitsjobs (Sportwettbüro, Spülküche, Autovermietung, Rikschataxifahrer, Hausaufgabenhilfe, Lesezirkel, ...). Nach Stationen in Münster, Halle an der Saale und Maastricht wohnt er heute in Bonn  und arbeitet in der Abteilung Patiententransport an der Uniklinik. Seit 2018 Veröffentlichungen in diversen Anthologien und online.

FRANZISKA VON DER GATHEN,
20 Jahre alt, aus Herten, studiert Germanistik und Erziehungswissenschaft in Bochum. Sie liebt es, wenn beim Schreiben der Moment einkehrt, in dem man alles um sich herum vergisst und, obwohl man hochkonzentriert gearbeitet hat, am Ende mit aufgeladener Energie vom Blatt Papier aufschaut. Nachdem sie  letztes Jahr bereits bei der online-Version der Autorennacht tolle Erfahrungen sammeln sowie den U20-Förderpreis abstauben durfte, freut sie sich dieses Jahr besonders darauf, vor »echtem« Publikum in der Altstadtschmiede lesen zu dürfen.